MIRIFIQUES AVENTURES

DE

MAITRE ANTIFER

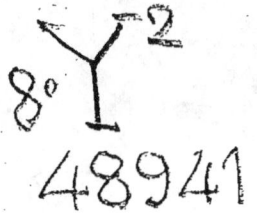

COLLECTION HETZEL

LES VOYAGES EXTRAORDINAIRES

Couronnés par l'Académie française

MIRIFIQUES AVENTURES

DE

MAITRE ANTIFER

PAR

JULES VERNE

PREMIÈRE PARTIE

ILLUSTRATIONS DE G. ROUX

BIBLIOTHÈQUE

D'ÉDUCATION ET DE RÉCRÉATION

J. HETZEL ET Cie, 18, RUE JACOB

PARIS

MIRIFIQUES AVENTURES
DE
MAITRE ANTIFER

PREMIÈRE PARTIE

I

Dans lequel un navire inconnu, capitaine inconnu, est à la recherche, sur une mer inconnue, d'un îlot inconnu.

Ce matin-là, — 9 septembre 1831, — le capitaine quitta sa cabine à six heures et monta sur la dunette.

Le soleil pointait déjà à l'est, ou plus exactement la réfraction l'élevait au-dessus des basses couches de l'atmosphère, car son disque se traînait encore au-dessous de l'horizon.

Une longue effluence lumineuse caressait la surface de la mer, largement ridée d'un léger clapotis avec la brise matinale.

Après une nuit calme, il y avait apparence que la journée serait belle, — une de ces journées de septembre dont la zone tempérée bénéficie parfois au déclin de la saison chaude.

Le capitaine ajusta sa longue-vue à son œil droit, et, faisant demi-tour, il promena l'objectif sur cette circonférence où se confondaient le ciel et la mer. La longue-vue rabaissée, il s'approcha de l'homme de barre, — un vieux à barbe hirsute, dont le vif regard perçait sous une paupière clignotante.

« Quand as-tu pris le quart? demanda-t-il.

— A quatre heures, capitaine. »

Ces deux hommes parlaient une langue assez rude, que nul Européen, Anglais, Français, Allemand ou autre, n'aurait reconnue, à moins d'avoir fréquenté les Échelles du Levant. Ce devait être une sorte de patois turc mélangé de syriaque.

« Rien de nouveau?...

— Rien, capitaine.

— Et depuis ce matin, pas un navire en vue?...

— Un seul... un grand trois-mâts, qui venait à contre-bord de nous sous le vent. J'ai loffé d'un quart pour en passer aussi loin que possible.

— Tu as bien fait. Et maintenant?... »

Le capitaine observa circulairement l'horizon avec une attention extrême. Puis :

« Pare à virer! » cria-t-il d'une voix forte.

Les hommes de quart se levèrent. La barre mise dessous, les écoutes de foc furent filées, en même temps que l'on bordait la brigantine. Le navire évolua et se remit en marche vers le nord-ouest, bâbord amures.

C'était un brick-goélette de quatre cents tonneaux, un bâtiment de commerce dont on eût fait avec quelques modifications un yacht de plaisance. Le capitaine avait sous ses ordres un maître et quinze hommes, — équipage suffisant pour la manœuvre, — composé de vigoureux matelots, dont le costume, vareuse et bonnet, large pantalon et bottes de mer, rappelait celui des marins de l'Europe orientale.

Aucun nom au tableau d'arrière de ce brick-goélette, ni sur les bastingages extérieurs de l'avant. Pas de pavillon. D'ailleurs, pour éviter d'avoir un salut à faire ou à rendre, du plus loin que la vigie signalait un bâtiment, il changeait sa route.

Était-ce donc un pirate, — il s'en rencontrait encore à cette époque dans ces parages, — qui craignait d'être poursuivi?... Non. On eût vainement cherché des armes à son bord, et ce n'est pas avec un si faible équipage qu'un bâtiment se hasarderait à courir les risques d'un métier pareil.

Était-ce donc un contrebandier, faisant la fraude le long d'un littoral ou d'une île à une autre? Pas davantage, et le plus avisé des officiers de douane eût visité sa cale, déplacé sa cargaison, sondé ses ballots, fouillé ses caisses, sans découvrir une marchandise suspecte. A dire vrai, il ne portait aucune cargaison. Des vivres pour plusieurs années, des fûts de vin et d'eau-de-vie au fond de sa cale, à l'arrière, sous la dunette, trois barils en douves de chêne, solidement cerclés de fer... On le voit, il restait de la place pour le lest, — un bon lest en fonte, qui permettait à ce navire de porter une forte voilure.

Peut-être aura-t-on l'idée que ces trois barils contenaient de la poudre ou toute autre substance explosive?...

Non, évidemment, car on ne prenait aucune des précautions indispensables en entrant dans la soute qui les contenait.

Du reste, pas un des matelots n'aurait pu donner de renseignements à ce sujet, — ni sur la destination du brick-goélette, ni sur les motifs qui l'incitaient à changer sa direction dès qu'il apercevait un navire, ni sur les marches et contre-marches qui caractérisaient sa navigation depuis quinze mois, ni même sur les parages où il se trouvait à cette date, courant tantôt à pleines voiles, tantôt sous une allure réduite, soit à travers une mer intérieure, soit sur les flots d'un océan sans limites. Durant cette inexplicable traversée, quelques hautes terres avaient été aperçues, mais le capitaine s'en éloignait au plus vite. Quelques îles avaient été signalées, mais il s'en écartait d'un rapide coup de barre. A consulter le livre de bord, on eût relevé d'étranges changements de route que ne justifiaient ni les sautes de vent ni les apparences du ciel. C'était un secret entre ce capitaine, — un homme de quarante-six ans, à chevelure hérissée, — et un personnage de haute mine qui apparut en ce moment à l'orifice du capot.

« Rien?... demanda-t-il.

— Rien, Excellence... » fut-il répondu.

Un mouvement des épaules annonçant quelque dépit, termina cette conversation qui avait tenu en trois mots. Puis, le personnage, auquel le capitaine venait de donner cette qualification honorifique, redescendit l'escalier du capot et regagna sa chambre. Là, étendu sur un divan, il sembla s'abandonner à une sorte de torpeur. Bien qu'il fût immobile comme si le sommeil eût été en possession de tout son être, il ne dormait pas cependant. On sentait qu'il devait être sous l'obsession d'une idée fixe.

Ce personnage pouvait avoir une cinquantaine d'années. Sa taille élevée, sa tête forte, sa chevelure abondante, grisonnante déjà, sa large barbe se ramifiant sur sa poitrine, ses yeux noirs animés d'un regard vif, sa physionomie fière mais visiblement attristée — découragée plutôt, — la dignité de son attitude, indiquaient un homme de noble origine. Son costume, impossible de le reconnaître. Un large burnous, de couleur brune, soutaché aux manches, frangé de paillettes multicolores, l'enveloppait des épaules aux pieds, et sa tête était coiffée d'un bonnet verdâtre à gland noir.

Deux heures plus tard, son déjeuner lui fut
servi par un jeune garçon sur une table de
roulis, fixée au plancher de la cabine que
recouvrait un épais tapis diapré de fleurs à
haute lisse. A.peine s'il fit honneur aux mets
délicatement apprêtés dont se composait le
menu, si ce n'est au café brûlant et parfumé
que contenaient deux petites tasses en argent
finement ciselées. Puis, la cassolette d'un
narghilé, couronnée de fumées odorantes,
fut placée devant lui, et, le bouquin d'ambre
entre ses lèvres relevées sur une denture
d'éclatante blancheur, il reprit le cours de
sa rêverie, au milieu des suaves vapeurs du
latakié.

Une partie de la journée s'écoula ainsi, tandis
que le brick-goélette, légèrement bercé aux
ondulations de la houle, poursuivait sa marche
incertaine à la surface de cette mer.

Vers quatre heures, Son Excellence se
releva, fit quelques pas, s'arrêta devant les
hublots entr'ouverts à la brise, promena son
regard jusqu'à l'horizon, et vint s'arrêter
devant une sorte de trappe que dissimulait un
pan du tapis. Cette trappe qui basculait en la
pressant du pied à l'un de ses angles, dégagea

l'ouverture de la soute située soûs le plancher de la cabine.

Là étaient accotés les uns près des autres les trois barils cerclés dont il a été fait mention. Le personnage, penché sur la trappe, garda cette attitude quelques instants, comme si la vue de ces barils l'eût hypnotisé. Se redressant alors :

« Non... pas d'hésitation ! murmura-t-il. Si je ne trouve pas un îlot inconnu où je puisse secrètement les enfouir, mieux vaut qu'ils soient jetés à la mer ! »

Il referma la trappe sur laquelle retomba le pan du tapis, et, se dirigeant vers l'échelle de capot, monta sur la dunette.

Il était cinq heures de l'après-midi. Nulle modification dans l'apparence du temps. Un ciel pommelé de légers nuages. A peine incliné sous une petite brise, tout dessus, ses amures à bâbord, le bâtiment laissait traîner à l'arrière une fine dentelle de sillage qui se fondait aux caprices du clapotis.

Son Excellence parcourut lentement du regard l'horizon tracé d'un trait de compas sur un fond d'azur très clair. De la place qu'il occupait, une terre de moyenne hauteur eût été visible à une distance de quatorze ou quinze milles. Mais nul profil n'accidentait la ligne de ciel et d'eau.

Alors le capitaine, s'avançant vers lui, fut accueilli par cette inévitable demande :

« Rien?... »

Ce qui amena l'inévitable réponse :

« Rien, Excellence. »

Le personnage demeura silencieux pendant quelques minutes. Puis, il alla s'asseoir sur un des bancs de l'arrière, tandis que le capitaine se promenait au vent, manœuvrant sa longue-vue d'une main fébrile.

« Capitaine?... dit-il bientôt, lorsque son regard eut observé l'espace une dernière fois.

— Que désire Votre Excellence?

— Savoir où nous sommes exactement. »

Le capitaine prit une carte marine à grands points, et la déployant sur le plat-bord :

« Ici, répondit-il en indiquant au crayon l'endroit où un méridien et un parallèle s'entrecroisaient.

— A quelle distance de cette ile... dans l'est?...

— A vingt-deux milles.

— Et de cette terre?...

— A vingt-six environ.

— Personne, sur le navire, ne sait dans quels parages nous naviguons en ce moment?...

— Personne, si ce n'est vous et moi, Excellence.

— Pas même quelle est la mer que nous traversons?...

— Depuis si longtemps nous courons tant de bords différents, que le meilleur marin ne saurait le dire.

— Ah! pourquoi la mauvaise fortune m'empêche-t-elle de rencontrer une île qui ait échappé aux recherches des navigateurs, à défaut d'une île, rien qu'un ilot, rien qu'un rocher dont je serais seul à connaître le gisement? J'y aurais enfoui ces trésors, et quelques jours de traversée m'eussent suffi, lorsque le temps serait venu de les reprendre... si ce temps doit jamais revenir! »

Cela dit, le personnage retomba dans un profond silence et alla se pencher au-dessus des bastingages. Après avoir observé les profondeurs liquides si transparentes que le regard pouvait les sonder jusqu'à plus de quatre-vingts pieds, il se retourna avec une certaine véhémence :

« Eh bien… s'écria-t-il, voici l'abîme auquel je confierai mes richesses…

— Il ne les rendra jamais, Excellence !

— Eh ! qu'elles périssent plutôt que de tomber entre des mains ennemies ou indignes !

— Comme il vous plaira.

— Si, avant ce soir, nous n'avons découvert aucun îlot inconnu dans ces parages, les trois barils seront jetés à la mer.

— A vos ordres ! » répondit le capitaine, qui commanda de virer vent devant.

Le personnage retourna à l'arrière de la dunette, et, s'accoudant sur le plat-bord, il reprit cet état de somnolence rêveuse qui lui était habituel.

Le soleil baissait rapidement. A cette date du 9 septembre, qui précède d'une quinzaine de jours l'équinoxe, son disque allait disparaître à quelques degrés de l'ouest, c'est-à-dire sur un point de l'horizon qui venait d'attirer l'attention du capitaine. Existait-il en cette direction quelque haut promontoire, rattaché au littoral d'un continent ou d'une île ? Hypothèse inadmissible, puisque la carte n'indiquait aucune terre dans un rayon de quinze à vingt milles sur ces parages très fréquentés des

navires de commerce et par conséquent très
connus des navigateurs. Était-ce donc un
rocher isolé, un écueil dominant de quelques
toises la surface des flots, et qui eût fourni
l'emplacement vainement cherché jusqu'alors
par Son Excellence pour y enterrer ses richesses?... On ne voyait rien de semblable
sur les relèvements hydrographiques, très
précis, de cette portion de mer. Un ilot, avec
les brisants dont il devait être entouré, avec
sa ceinture désordonnée d'embruns et de res-
sacs, n'aurait pu échapper aux investigations
des marins. Les cartes en auraient porté le
gisement vrai. Or, d'après la sienne, le capitaine était en mesure d'affirmer qu'il ne se
trouvait pas même un écueil sur cet espace
dont son regard embrassait le vaste périmètre.

« C'est une illusion ! » pensa-t-il, lorsqu'il
eut de nouveau braqué sa longue-vue vers l'endroit soupçonné, et bien qu'il l'eût exactement
mise au point.

En effet, aucun linéament ne s'était dessiné
si faiblement que ce fût dans le cadre de l'objectif.

En ce moment — six heures et quelques minutes, — le disque solaire commençait à mordre

l'horizon, en sifflant au contact de la mer, s'il faut en croire ce que disaient jadis les Ibériens. A son coucher comme à son lever, la réfraction le laissait encore apparaitre alors qu'il avait déjà disparu sous l'horizon. La matière lumineuse, obliquement projetée à la sur-face des flots, s'étendait comme un long diamètre, de l'ouest à l'est. Les dernières rides, semblables à des raies de feu, tremblotaient sous la brise mourante. Cet éclat s'éteignit soudain, lorsque le bord supérieur du disque, affleurant la ligne d'eau, lança son rayon vert. La coque du brick-goélette s'assombrit, tandis que ses hautes voiles s'empourpraient des dernières lueurs.

A l'instant où les rideaux du crépuscule allaient retomber, une voix se fit entendre dans les barres de misaine.

« Ohé!...

— Qu'y a-t-il? demanda le capitaine.

— Une terre par tribord devant! »

Une terre, et dans la direction où le capitaine avait cru saisir de vagues contours quelques minutes avant?... Il ne s'était donc pas trompé.

Au cri de la vigie, les hommes de quart

s'étaient élancés sur les bastingages, et regardaient vers l'ouest. Le capitaine, sa lunette en bandoulière, saisit les haubans du grand mât, gravit lestement les enfléchures, se mit à cheval sur les barres au point d'amure de la voile de flèche, et, l'oculaire à l'œil, fouilla l'horizon à l'endroit indiqué.

La vigie n'avait point fait erreur. A une distance de six à sept milles, émergeait une sorte d'ilot, dont les linéaments se profilaient en noir sur les extrêmes colorations du ciel. On eût dit d'un écueil, de médiocre altitude, que couronnait une buée de vapeurs sulfureuses. Cinquante ans plus tard, un marin eût assuré que c'était la fumée d'un grand steamer passant au large. Mais, en 1831, on n'imaginait guère que les océans seraient un jour sillonnés par ces énormes engins de navigation.

Du reste, le capitaine n'eut que le temps de voir, non celui de réfléchir. L'ilot signalé s'effaça presque aussitôt derrière les brumes du soir. N'importe, il avait été vu, bien vu. A cet égard, aucun doute n'était permis.

Le capitaine redescendit sur la dunette, et le personnage que cet incident avait tiré de sa somnolence, lui fit signe de s'approcher. Toujours la même formule interrogative :

« Eh bien ?...

— Oui, Excellence.

— Une terre en vue ?...

— Un îlot tout au moins.

— A quelle distance ?...

— A six milles dans l'ouest environ.

— Et la carte ne porte rien en cette direction ?...

— Rien.

— Tu es sûr de ton point ?...

— Sûr.

— Ce serait donc un îlot inconnu ?...

— Je le pense.

— Est-ce admissible ?...

— Oui, Excellence, si cet îlot est de formation récente.

— Récente ?...

— Je le croirais volontiers, car il m'a paru enveloppé de vapeurs volcaniques. Dans ces parages, les forces plutoniennes s'exercent fréquemment et se manifestent par des poussées sous-marines.

— Puisses-tu dire vrai, capitaine ! Je ne pourrais désirer mieux qu'un de ces blocs sortiᵴ soudainement de la mer! Il ne serait à personne celui-là...

— Ou tout au moins, Excellence, il appartiendrait au premier occupant.

— Ce serait moi alors.

— Oui... vous.

— Fais porter droit sur la terre.

— Droit... mais prudemment! répondit le capitaine. Notre brick-goélette risquerait de se briser, si des écueils s'étendent au large. Je propose d'attendre le jour pour reconnaître le gisement et accoster l'ilot...

— Attendons... en gagnant vers lui...

— A vos ordres! »

C'était agir en marin. Un navire ne peut s'aventurer sur des hauts-fonds qu'il ne connaît pas. Aux approches d'une terre nouvelle, il ne doit marcher qu'à la sonde, se défier de la nuit.

Le personnage regagna donc sa cabine, et, quand bien même le sommeil parviendrait à clore ses paupières, le mousse n'aurait pas besoin de le réveiller aux premières blancheurs de l'aube : il serait sur la dunette avant le lever du soleil.

Le capitaine, lui, ne voulut ni quitter le pont,

ni laisser au maitre d'équipage le soin de veiller jusqu'au matin. La nuit se fit avec lenteur. L'horizon devint peu à peu indécis, tandis que son périmètre se rétrécissait graduellement. Au zénith, les derniers flocons, encore gonflés de lumière diffuse, ne tardèrent pas à s'éteindre. Depuis une heure, la brise soufflait à peine. On ne garda que la voilure nécessaire pour conserver l'action du gouvernail et maintenir le brick-goélette en direction.

Cependant le firmament s'était allumé de ses premières constellations. Au nord, la Polaire regardait comme un œil immobile et sans vif éclat, tandis qu'Arcturus resplendissait en continuant la courbe de la Grande Ourse. A l'opposé de la Polaire, Cassiopée traçait son double V étincelant. Au-dessous, Capella apparaissait exactement à la place où elle s'était levée la veille, où elle se lèverait le lendemain, avec les quatre minutes d'avance qui commencent son jour sidéral. Il régnait à la surface endormie de la mer cette sorte d'inexprimable torpeur, due à la tombée de la nuit.

Le capitaine, accoudé sur l'avant, ne bougeait pas plus que le montant du guindeau auquel il s'appuyait. La tête fixe, il ne songeait qu'à ce point observé dans le vague du cré- puscule. Des doutes lui venaient à présent, de ces doutes que l'obscurité rend plus obsédants. Ne s'était-il pas laissé prendre à une illusion ? Était-ce vrai qu'un nouvel ilot eût émergé à cette place ? Oui... certainement. Ces parages, il les connaissait pour les avoir cent fois parcourus... Le point lui avait donné sa position à un mille près, et huit ou dix lieues le séparaient des terres les plus rapprochées... Mais, s'il ne s'était point trompé, si, en cet endroit, une île était sortie des entrailles de la mer, ne se pou- vait-il qu'elle fût occupée déjà ?... Quelque na- vigateur n'y avait-il pas planté son pavillon ?... Les Anglais, ces chiffonniers de l'Océan, ont vite fait de ramasser un îlot qui traîne sur les routes maritimes et de le jeter dans leur hotte !... Un feu n'allait-il pas luire, qui indiquerait une prise de possession ?... Il était possible que la naissance de cet amas rocheux remontât à quel- ques semaines, à quelques mois, et comment eût-il échappé au regard des marins, au sextant des hydrographes ?...

De là, au milieu de cette fluctuation d'in- quiétudes, le désarroi du capitaine, et son impatience en attendant le jour. Rien d'ailleurs n'indiquait plus la direction de l'ilot, — pas même un reflet de ces vapeurs dont il avait paru enveloppé, et qui auraient pu colorer les ténèbres d'une teinte fuligineuse. Partout, l'air et l'eau confondus dans la même obscurité.

Les heures s'écoulaient. Déjà les constellations circumpolaires avaient décrit un quart de cercle autour de l'axe du firmament. Vers quatre heures, les premières clartés blanchirent à l'est-nord-est. Cette lueur permit d'apercevoir quelques légers nuages accrochés au zénith. Il s'en fallait encore de plusieurs degrés que le soleil eût affleuré l'horizon. Mais tant de lumière n'était pas indispensable pour permettre à un marin de retrouver l'ilot signalé, s'il existait.

En ce moment, le personnage sortit du capot, et alla prendre place sur la dunette, où le capitaine se trouvait alors.

« Eh bien... cet îlot?... demanda-t-il.

— Le voici, Excellence, répondit le capitaine, en montrant un amoncellement de roches à moins de deux milles.

— Accostons...

— A vos ordres. »

II

Dans lequel sont données quelques explications
indispensables.

Que le lecteur veuille bien ne point s'étonner
outre mesure si Méhémet-Ali entre en scène
au début de ce chapitre. Quelle qu'ait été l'importance de l'illustre pacha dans l'histoire du
Levant, il ne fera qu'apparaître en ce récit, par
suite des rapports, désagréables d'ailleurs, que
le personnage, embarqué sur le brick-goélette,
avait eus avec ce fondateur de l'Égypte moderne.

A cette époque, Méhémet-Ali n'avait pas encore entrepris de conquérir, grâce à l'armée de
son fils Ibrahim, la Palestine et la Syrie qui
appartenaient au sultan Mahmoud, le souverain des deux Turquies d'Asie et d'Europe.

Au contraire, le sultan et le pacha étaient bons amis, celui-ci ayant prêté à celui-là son assistance effective pour réduire la Morée et mettre à néant les velléités d'indépendance de ce petit royaume de Grèce.

Durant quelques années, Méhémet-Ali et Ibrahim se tinrent tranquilles dans leur pachalik. Mais, sans doute, cet état de vassalité, qui les faisait de simples sujets de la Porte, pesait à leur ambition, et ils ne cherchaient que l'occasion, quitte à l'aider, de briser ces liens étroitement serrés depuis des siècles.

En Égypte vivait alors un personnage dont la fortune, accumulée sur sa tête par de nombreuses générations, comptait parmi les plus considérables du pays. Ce personnage habitait le Caire. Il s'appelait Kamylk-Pacha, et c'est à celui-là même que le capitaine du mystérieux brick-goélette donnait le titre d'Excellence.

C'était un homme instruit, très porté aux sciences mathématiques et à l'application pratique ou même fantaisiste qu'elles présentent. Mais, avant tout, très entiché d'orientalisme, il était ottoman de cœur, quoique Égyptien de naissance. Aussi, comprenant que la résistance aux tentatives de l'Europe occidentale pour asservir les populations du Levant serait plus tenace chez le sultan Mahmoud que chez Méhémet-Ali, se jeta-t-il corps et âme dans la lutte. Né en 1780, d'une famille de soldats, à peine avait-il vingt ans, quand il s'engagea dans l'armée de Djezzar, où il acquit promptement par son courage le titre et le grade de pacha. En 1799, il risqua cent fois sa liberté, sa fortune, sa vie, en se battant contre les Français sous les ordres de Bonaparte, aidé des généraux Kléber, Régnier, Lannes, Bon et Murat. Après la bataille d'El-Arish, fait prisonnier avec les Turcs, il eût pu redevenir libre, s'il avait voulu souscrire l'engagement de ne plus s'armer contre les soldats de la France. Mais, résolu à lutter jusqu'au bout, comptant sur un invraisemblable retour de la fortune, opiniâtre dans ses actes comme il l'était dans ses idées, il refusa de donner sa parole. Il parvint à s'échapper, et on le retrouva plus acharné que jamais dans les diverses rencontres qui marquèrent les conflits des deux races.

Après la reddition de Jaffa, le 6 mars, il fut de ceux que la capitulation livra sous promesse d'avoir la vie sauve. Lorsque ces pri-

sonniers, au nombre de quatre mille, pour la
plupart Albanais ou Arnautes, eurent été conduits devant Bonaparte, celui-ci fut très gêné
de cette capture, craignant que ces redoutables soldats n'allassent renforcer la garnison
du pacha de Saint-Jean d'Acre. Aussi, montrant déjà qu'il était de ces conquérants que
rien n'arrête, donna-t-il l'ordre de les fusiller.

Cette fois, on ne leur offrait pas, comme aux
prisonniers d'El-Arish, de les renvoyer à la
condition de ne plus servir. Non! on les con-
damnait à mourir. Ils tombèrent sur la grève,
et ceux que les balles n'avaient pas atteints,
croyant qu'on leur faisait grâce, trouvèrent la
mort à mesure qu'ils avançaient vers le rivage.

Ce n'était ni à cette place ni de cette façon
que Kamylk-Pacha devait périr. Il se rencontra des hommes, des Français — il convient
de le rappeler à leur honneur, — auxquels ré-
pugna cet épouvantable massacre, nécessité
peut-être par les exigences de la guerre. Ces
braves gens parvinrent à sauver plusieurs prisonniers. Ce fut l'un d'eux, un marin de la
marine marchande, qui, la nuit, rôdant autour
des récifs sur lesquels pouvaient se trouver
quelques malheureux, recueillit Kamylk-Pa-

cha, grièvement blessé d'une balle. Il le trans-
porta en lieu sûr, il le soigna, il le guérit. Celui-ci pourrait-il jamais oublier un tel service?
Non... Comment il le reconnut, et dans quelles
circonstances il le fit, c'est l'objet de cette
curieuse et véridique histoire.

Bref, trois mois après, Kamylk-Pacha était
sur pied.

La campagne de Bonaparte venait d'échouer
devant Saint-Jean d'Acre. Sous le commandement d'Abdallah, pacha de Damas, l'armée
turque avait passé le Jourdain le 4 avril, et,
d'autre part, l'escadre anglaise de Sydney-
Smith croisait dans les parages de la Syrie.
Aussi, bien que Bonaparte eût expédié la divi-
sion Kléber avec Junot, bien qu'il se fût transporté de sa personne sur le lieu du combat,
bien qu'il eût écrasé les Turcs à la bataille du
Mont-Thabor, il était trop tard, lorsqu'il ac-
courut menacer de nouveau Saint-Jean d'Acre.
Un renfort de douze mille hommes était arrivé. La peste apparaissait. Le 20 mai, Bonaparte se décida à lever le siège.

Kamylk-Pacha crut pouvoir se hasarder
alors à retourner en Syrie. Revenir en Egypte,
pays si profondément troublé à cette époque,

eût été de la dernière imprudence. Il convenait d'attendre, et Kamylk-Pacha attendit pendant cinq années. Grâce à sa fortune, il put
vivre très largement dans les diverses provin-
ces à l'abri encore de la convoitise égyptienne.
Ces années-là furent signalées par l'entrée
en scène du simple fils d'un aga, dont la bra-
voure avait été remarquée à la bataille d'A-

boukir en 1799. Méhémet-Ali jouissait déjà
d'une telle influence qu'il sut entraîner les
Mameluks à se révolter contre le gouverneur
Khosrew-Pacha, les exciter contre leur chef,
déposer Khourschid, le successeur de Khos-
rew, et, finalement, se faire proclamer vice-
roi en 1806, avec le consentement de la Sublime-Porte.

Deux ans auparavant, Djezzar, le protecteur
de Kamylk-Pacha, était mort. Se voyant isolé
dans ce pays, celui-ci pensa qu'il ne courait
plus aucun risque à regagner le Caire.

Il avait vingt-sept ans alors, et, de nouveaux héritages en avaient fait l'un des personnages les plus riches de l'Egypte. Ne se
sentant aucune propension pour le mariage,
étant d'un caractère peu communicatif, aimant
la vie retirée, il avait conservé un goût très
vif pour le métier des armes. Aussi, en attendant que l'occasion se présentât d'utiliser ses
aptitudes, voulut-il dépenser en longs et lointains voyages l'activité si naturelle à son âge.

Mais, puisque Kamylk-Pacha ne devait pas
avoir d'héritiers directs, à qui reviendrait
cette immense fortune? N'existait-il pas de
collatéraux qui seraient aptes à la recueillir?

Un certain Mourad, né en 1786, de six ans plus jeune que lui, était son cousin. Séparés par leurs opinions politiques, ils ne se voyaient pas, bien que tous les deux résidassent au Caire. Kamylk-Pacha était dévoué aux intérêts ottomans, et ce dévouement, on le sait, il l'avait prouvé. Mourad, lui, luttait contre l'influence ottomane autant par ses paroles que par ses actes, et il ne tarda pas à devenir le plus fougueux conseiller de Méhémet-Ali lors de ses entreprises contre le sultan Mahmoud.

Or, ce Mourad, unique parent de Kamylk-Pacha, aussi pauvre que l'autre était riche, ne pouvait compter sur la fortune de son cousin que si une réconciliation s'opérait. Cela ne devait pas arriver. Au contraire, l'animosité, la haine même avec tous les procédés de la violence, allait creuser un abîme plus profond encore entre les deux seuls membres de cette famille.

Dix-huit ans s'écoulèrent de 1806 à 1824, durant lesquels le règne de Méhémet-Ali ne fut point troublé par les guerres extérieures. Cependant il eut à lutter contre l'influence croissante et les agissements redoutables des

Mameluks, ses complices, auxquels il devait
le trône. Un massacre général, accompli en
1811 dans toute l'Égypte, le délivra de cette
gênante milice. Depuis lors, de longues années de tranquillité furent assurées aux sujets
du vice-roi, dont les relations avec le Divan
restaient excellentes, — en apparence du
moins, car le sultan se défiait de son vassal,
et non sans raison.

Kamylk-Pacha fut souvent en butte au mauvais vouloir de Mourad. Celui-ci, s'autorisant
des témoignages de sympathie qu'il trouvait
près du vice-roi, ne cessait d'exciter son maître
contre le riche Égyptien. Il lui rappelait que
c'était un partisan de Mahmoud, un ami des
Turcs, qu'il avait versé son sang pour eux...
A l'en croire, c'était un personnage dangereux,
un homme à surveiller... peut-être un espion...
Cette énorme fortune dans une seule main
constituait un péril... Enfin il disait tout ce
que l'on peut dire qui soit de nature à éveiller
les convoitises d'un potentat sans principes
ni scrupules.

Kamylk-Pacha ne voulut point s'en préoccuper. Au Caire, il vivait dans l'isolement, et il
eût été difficile de lui tendre un piège auquel

il se fût laissé prendre. Quand il quittait
l'Égypte, c'était pour de longs voyages. Alors,
sur un navire lui appartenant, que commandait le capitaine Zô, de cinq ans plus jeune
que lui et d'un dévouement à toute épreuve,
il promenait sur les mers de l'Asie, de l'Afrique et de l'Europe, son existence sans but,
marquée par une indifférence hautaine pour
l'humanité.

A ce propos, il y a même lieu de se demander s'il avait oublié le marin français qui l'a-
vait sauvé des fusillades de Bonaparte? Oublié?... non, sans doute. De tels services ne
s'oublient pas. Mais ces services avaient-ils
reçu leur récompense?... Ce n'était pas probable. Entrait-il dans la pensée de Kamylk-
Pacha de les reconnaître plus tard, et n'atten-
dait-il que l'occasion de le faire, si jamais
l'une de ses excursions maritimes le conduisait jusque dans les eaux françaises?... Qui
l'eût pu dire?

D'ailleurs, vers 1812, le riche Égyptien ne
put se dissimuler qu'il était étroitement surveillé pendant ses séjours au Caire. Plusieurs
voyages qu'il voulut entreprendre lui furent
alors interdits par ordre du vice-roi. Grâce

2.

aux suggestions incessantes de son cousin, sa liberté était menacée sérieusement.

En 1823, celui-ci, à l'âge de trente-sept ans, venait de se marier dans des conditions peu propres à lui assurer une grande situation. Il avait épousé une jeune fellah, presque une esclave. On ne s'étonnera donc pas qu'il voulût continuer les tortueuses menées par lesquelles il espérait compromettre la situation de Kamylk-Pacha, en exploitant l'influence qu'il possédait auprès de Méhémet-Ali et de son fils Ibrahim.

Cependant l'Égypte allait commencer une période militante où ses armes devaient briller d'un vif éclat. En 1824, la Grèce venait de se soulever contre le sultan Mahmoud, et celui-ci avait fait appel à son vassal pour l'aider contre la rébellion. Ibrahim, suivi d'une flotte de cent-vingt voiles, se dirigea vers la Morée où il opéra son débarquement.

L'occasion s'offrait donc à Kamylk-Pacha de redonner un peu d'intérêt à sa vie, de se retremper dans ces périlleuses expéditions depuis vingt ans abandonnées, et avec d'autant plus d'ardeur qu'il s'agissait de maintenir les droits de la Porte, compromis par le

soulèvement du Péloponèse. Il voulut prendre
rang dans l'armée d'Ibrahim : premier refus.
Il voulut servir comme officier parmi les
troupes du sultan : second refus. N'était-ce
pas là une conséquence de l'intervention né-
faste de ceux qui avaient intérêt à ne point
perdre de vue le parent millionnaire ?

La lutte des Grecs pour leur indépendance
devait cette fois se terminer à l'avantage de
cette héroïque nation. Après trois années,
pendant lesquelles ils furent inhumainement
traqués par les troupes d'Ibrahim, l'action com-
binée des flottes française, anglaise et russe,
détruisit la marine ottomane à la bataille de
Navarin en 1827, obligea le vice-roi de rappeler
en Égypte ses vaisseaux et son armée. Ibrahim
revint alors au Caire, suivi de ce Mourad, qui
avait fait la campagne du Péloponèse.

De ce jour, la situation de Kamylk-Pacha
empira. La haine de Mourad se déchaîna d'autant plus violemment qu'au début de l'année
1829, il eut un fils de son mariage avec la
jeune fellah. La famille était en voie d'ac-
croissement, non la fortune. Il fallait que
celle de son cousin passât entre les mains de
Mourad. Le vice-roi ne refuserait pas de se

prêter à cette spoliation. Pareilles complai-
sances se sont vues en Égypte, se voient
encore en des pays d'une civilisation moins
orientale.

Qu'on veuille bien ne pas oublier que cet
enfant de Mourad fut nommé Saouk.

En face de cet état de choses, Kamylk-Pacha
comprit qu'il n'avait qu'un parti à prendre :
réunir sa fortune, dont la plus grande part se
composait de diamants et de pierres précieuses, et l'emporter hors d'Égypte. C'est ce qui
fut exécuté avec autant de prudence que d'habileté, grâce à l'intervention de quelques
étrangers habitant Alexandrie, auxquels l'É-
gyptien n'hésita pas à se fier. Sa confiance
était bien placée, d'ailleurs, et l'opération
s'accomplit dans le plus grand mystère. Quels
étaient ces étrangers, à quelle nationalité ap-
partenaient-ils ?... Kamylk-Pacha était seul à
le savoir.

Du reste, trois barils à double enveloppe,
cerclés de fer, qui ressemblaient à ces fûts
où l'on met les vins d'Espagne, avaient suffi à
contenir toutes ces richesses. Ils furent embarqués secrètement à bord d'un speronare
napolitain, et leur propriétaire, accompagné du

capitaine Zô, parvint à y prendre passage à
son tour, non sans avoir échappé à mille dan
gers, car il avait été suivi du Caire à Alexandrie, et il était épié depuis son arrivée en cette
ville.

Cinq jours après, le speronare le déposait
au port de Latakié, et, de là, il gagnait Alep,
dont il avait fait choix pour sa nouvelle rési-
dence. Maintenant, en Syrie, que pouvait-il
redouter de Mourad, sous la protection de son
ancien général Abdallah, devenu pacha de
Saint-Jean d'Acre ? Comment Méhémet-Ali, si
audacieux qu'il fût, aurait-il pu l'atteindre au
fond d'une province sur laquelle la Sublime-
Porte étendait sa toute-puissante juridiction ?

Cela allait pourtant devenir possible.

En effet, cette année même — 1830, —
Méhémet-Ali rompait ses relations avec le
sultan. Briser le lien de vassalité qui le rat-
tachait à Mahmoud, ajouter la Syrie à ses
possessions de l'Égypte, peut-être devenir souverain de l'Empire ottoman, ces idées n'étaient
pas trop hautes pour l'ambition du vice-roi.
Le prétexte ne fut pas difficile à trouver.

Des fellahs, tyrannisés par les agents de
Méhémet-Ali, avaient dû chercher refuge en

Syrie, sous la protection d'Abdallah. Le vice-
roi réclama l'extradition de ces paysans. Le
pacha de Saint-Jean d'Acre refusa. Méhémet-
Ali sollicita du sultan l'autorisation de réduire
Abdallah par les armes. Mahmoud répondit
d'abord que les fellahs étant des sujets turcs,
il n'avait point à les rendre au vice-roi d'É-
gypte. Mais, à peu de temps de là, désireux
de se ménager l'aide de Méhémet-Ali ou tout
au moins sa neutralité au lendemain de la
révolte du pacha de Scutari, il accorda l'autorisation demandée.

Divers incidents, entre autres l'apparition
du choléra sur les Échelles du Levant, retar-
dèrent le départ d'Ibrahim à la tête d'une
armée de trente-deux mille hommes et de
vingt-deux navires de guerre. Kamylk-Pacha
eut donc le loisir de réfléchir sur les dangers
que devait lui créer le débarquement des
Égyptiens en Syrie.

Il avait cinquante et un ans alors, et cinquante et un ans d'une vie assez tourmentée,
cela met un homme presque au seuil de la
vieillesse. Très fatigué, très découragé, très
désillusionné, n'aspirant plus qu'au repos qu'il
avait espéré dans cette tranquille ville d'Alep,

voici que les événements tournaient encore contre lui.

Était-il prudent qu'il restât à Alep, au moment où Ibrahim se disposait à envahir la Syrie? Sans doute, il ne s'agissait que d'une action contre le pacha de Saint-Jean d'Acre. Mais, après avoir dépossédé Abdallah, le vice-roi arrêterait-il son armée victorieuse? Son ambition se bornerait-elle au châtiment d'un coupable? Ne profiterait-il pas de l'occasion pour tenter la conquête définitive de cette Syrie, objet constant de ses désirs? Et, après Saint-Jean d'Acre, les villes de Damas, de Sidon, d'Alep, ne seraient-elles pas menacées par les soldats d'Ibrahim? C'était à tout le moins fort à craindre.

Kamylk-Pacha prit, cette fois, une résolution définitive. Ce n'était pas à lui qu'on en voulait, c'était surtout à sa fortune convoitée par Mourad, et que ce parent cherchait à lui arracher, dût-il en abandonner une grande part au vice-roi. Eh bien, il fallait faire disparaître cette fortune, il fallait la déposer en un si secret endroit que personne ne pût l'y découvrir. Puis, on verrait venir les événements. Plus tard, soit que Kamylk-Pacha se décidât à fuir ce pays d'Orient malgré qu'il y fût si vivement attaché, soit que la Syrie redevînt assez sûre pour qu'il pût s'y établir en toute sécurité, il irait reprendre son trésor là où il l'aurait enfoui.

Le capitaine Zô approuva les projets de Kamylk-Pacha et offrit de les exécuter d'une telle façon que ce secret ne pût jamais être dévoilé. Un brick-goélette fut acheté. On forma un équipage composé d'éléments divers, de marins qui n'avaient aucun lien entre eux, — pas même le lien de la nationalité. Les barils furent embarqués sans que personne pût soupçonner ce qu'ils renfermaient. A la date du 13 avril, le bâtiment sur lequel Kamylk-Pacha prit passage au port de Latakié avait mis en mer.

On le sait, sa volonté bien arrêtée était de découvrir un îlot dont le gisement ne serait connu que du capitaine et de lui. Il importait donc que l'équipage fût tellement dérouté qu'il ne pût estimer la direction suivie par le brick-goélette. Le capitaine Zô agit en conséquence pendant quinze mois, modifiant la route en tous les sens. Était-il sorti de la Méditerranée, et s'il en était sorti, y était-il rentré ?

N'avait-il pas couru à travers les autres mers
de l'Ancien Continent? Était-ce même en Europe qu'il naviguait, lorsque ce nouvel îlot
avait été aperçu? Ce qui est certain, c'est que
le brick-goélette avait été successivement en-
traîné sous des climats très différents, sous
des zones très diverses, et que le meilleur
marin du bord n'aurait pu dire où il se trouvait actuellement. Approvisionné pour plusieurs années, il n'avait jamais atterri que
pour faire de l'eau, puis s'éloignait de cette
aiguade que le capitaine Zô était seul à connaître.

On le sait, Kamylk-Pacha avait dû longtemps naviguer avant de trouver un îlot à sa
convenance, et, alors qu'il se disposait à jeter
ses richesses à la mer, l'îlot si impatiemment
cherché venait enfin d'apparaître.

Tels étaient les événements se rattachant à
l'histoire de l'Egypte et de la Syrie qu'il importait de mentionner. A peine en sera-t-il
question désormais. Le récit va prendre une
allure plus fantaisiste que ce grave début ne
pourrait le donner à croire... Mais il fallait
l'appuyer sur une base solide, et c'est ce que
l'auteur a fait, — ou du moins a tenté de faire.

III

Où l'îlot inconnu est transformé en un coffre-fort
incrochetable.

Le capitaine Zô donna ses ordres à l'homme
de barre, et fit diminuer la voilure de manière
à être maître de son navire. Une légère brise
matinale soufflait du nord-est. Le brick-goélette allait pouvoir s'approcher de l'îlot sous
le grand foc, le hunier et la brigantine, les
autres voiles étant sur leurs cargues. Si la mer
se levait, le bâtiment trouverait abri contre la
houle au pied même de l'îlot.

Tandis que Kamylk-Pacha, accoudé aux
rambardes de la dunette, regardait avec attention, le capitaine, posté à l'avant, manœuvrait
en marin prudent à l'approche d'un îlot dont
ses cartes ne lui indiquaient point le gisement.

Là était le danger, en effet. Sous ces eaux calmes, sans brisants, il est malaisé de reconnaître les roches qui les affleurent. Nul indice ne désigne le chenal à suivre. Il semblait que les abords fussent très francs. Aucune apparence de récifs. Le maître d'équipage, qui jetait la sonde, ne constatait nulle part un relèvement brusque du fond de la mer.

Voici, au surplus, l'aspect que présentait l'ilot, vu à un mille de distance, à cette heure où le soleil l'éclairait obliquement de l'est à l'ouest, après s'être dégagé des quelques brumes dont il était baigné au lever du jour :

C'était bien un ilot, et rien qu'un ilot, dont un État n'eût point songé à revendiquer la possession, car il n'en valait pas la peine — sauf l'accapareuse Angleterre, cela va sans dire. Et, ce qui prouvait surabondamment que cet amas rocheux était inconnu des navigateurs et des hydrographes, qu'il ne pouvait figurer sur les cartes les plus modernes, c'est que la Grande-Bretagne n'en avait pas encore fait un autre Gibraltar pour commander ces parages. Sans doute, il était situé en dehors des routes maritimes, et d'ailleurs, c'est à peine s'il venait de naître.

Comme conformation générale, l'ilot offrait
l'apparence d'un plateau assez uni, dont le
périmètre mesurait à peu près trois cents
toises, un ovale irrégulier de cent cinquante
toises dans sa longueur, de soixante à quatre-
vingts dans sa largeur. Ce n'était point une
agglomération de ces roches tourmentées,
entassées les unes sur les autres, et qui sem-
blent défier les lois de l'équilibre. Nul doute
qu'il provînt d'un soulèvement tranquille et
graduel de l'écorce tellurique. Il y avait lieu
de rapporter son origine non à quelque poussée subite, mais à une lente émersion des
profondeurs de la mer. Ses bords ne se découpaient point en criques plus ou moins pro-
fondes, en indentations multiples. Sans aucune ressemblance avec l'un de ces coquillages
où la nature prodigue les mille fantaisies de
son caprice, il présentait cette sorte de régu-
larité de la valve supérieure d'une huître ou
plutôt d'une carapace de tortue. Cette carapace s'arrondissait en s'exhaussant vers le
centre, de telle façon que son point culminant
s'élevait de cent cinquante pieds environ au-
dessus du niveau de la mer.

Y avait-il des arbres à sa surface?.. Pas un

seul. Des traces de végétation?... Aucune.
Des vestiges d'exploration?... En nul endroit.
Cet îlot n'avait jamais été habité, — pas de
doute à cet égard, — et ne pouvait l'être.
Étant donnés son gisement qui n'avait pas été
relevé, et son aridité marmoréenne, Kamylk-
Pacha n'aurait su mieux trouver pour la garantie, la sécurité, le secret du dépôt qu'il
voulait confier aux entrailles de la terre.

« C'est à croire que la nature l'a fait exprès! »
se disait le capitaine Zô.

Cependant le brick-goélette naviguait lentement, diminuant peu à peu ce qui lui restait
de voilure. Puis, lorsqu'il ne fut plus qu'à une
encablure de l'îlot, l'ordre de mouiller retentit.
Aussitôt l'ancre, détachée du bossoir, entraînant la chaîne à travers l'écubier, alla mordre
le fond par une profondeur de vingt-huit
brasses.

On le voit, les pentes de cette masse rocheuse
étaient singulièrement accores, sur ce côté du
moins. Un navire aurait pu s'en approcher
davantage, peut-être même jusqu'à la côtoyer,
sans risque de toucher. Cependant mieux valait s'en être tenu à cette distance.

Lorsque le brick-goélette fut venu à l'appel

de son ancre, le maître d'équipage fit carguer les dernières voiles, et le capitaine Zô remonta sur la dunette :

« Dois-je faire armer le grand canot, Excellence? demanda-t-il.

— Non... la yole. Je préfère que nous soyons tous deux seuls à débarquer.

— A vos ordres. »

Un moment après, le capitaine, deux légers avirons en main, était assis à l'avant de la yole, Kamylk-Pacha à l'arrière. En quelques instants la petite embarcation eut accosté au revers d'une entaille, où le débarquement était facile. Le grappin fut solidement fixé dans un interstice de roche, et son Excellence prit possession de l'ilot.

Il n'y eut point de pavillon déployé, ni de coup de canon tiré en cette circonstance. Ce n'était pas un État qui faisait acte de premier occupant : c'était un particulier qui débarquait avec la pensée de partir trois ou quatre heures après.

Kamylk-Pacha et le capitaine Zô remarquèrent tout d'abord que les flancs de l'ilot, ne reposant pas sur une base sablonneuse, sortaient de la mer avec une inclinaison de

cinquante à soixante degrés. Donc, sa formation était due au relèvement du fond sous-
marin.

Ils commencèrent leur exploration circulairement, foulant du pied une sorte de quartz
cristallisé, vierge de toute empreinte. En aucun point, le littoral ne paraissait avoir été
corrodé par l'acide des lames. A la surface,
sèche et de nature cristalline, on ne voyait
d'autre liquide que l'eau restée au fond d'é-
troites mares à la suite des dernières pluies.
La végétation ne s'y trahissait même pas par
la présence de ces lichens, de ces mousses
marines, perce-pierres ou autres, assez rusti-
ques pour végéter entre les roches où le vent
a semé quelques germes. Pas de coquillages,
ni vivants ni morts. Çà et là, quelques fientes
d'oiseaux, qui étaient l'apport de plusieurs
couples de goélands et de mouettes, les
seuls représentants de la vie animale sur ces
parages.

Dès qu'ils eurent achevé le tour de l'îlot,
Kamylk-Pacha et le capitaine se dirigèrent
vers la tumescence arrondie du centre. Nulle
part les bords du périmètre n'avaient témoi-
gné d'une visite ancienne ou récente qui eût

atteint sa surface. Partout même netteté des roches de son flanc, et, si l'on permet cette expression, même propreté cristalline. Aucun stigmate, aucune souillure.

Lorsque tous deux eurent remonté la bosse qui relevait le milieu de cette carapace, ils dominèrent le niveau de l'océan de cent cinquante pieds environ. Assis l'un près de l'autre, ils observaient curieusement l'horizon offert à leurs regards.

Sur la vaste étendue liquide, qui réverbérait les rayons solaires, point de terre en vue. Donc, cet îlot n'appartenait pas à une de ces cyclades où se groupent des attolons en plus ou moins grand nombre. Aucun sommet n'accidentait cette portion de mer. Le capitaine Zô, la longue-vue aux yeux, chercha en vain quelque voile sur cette aire immense. Elle était absolument déserte en ce moment, et le brick-goélette ne courait pas le risque d'être aperçu pendant les quelques heures qu'il devait rester au mouillage à une demi-encablure des accores.

« Tu es certain de notre position aujourd'hui 9 septembre?... demanda alors Kamylk-Pacha.

— Certain, Excellence, répondit le capitaine Zô. D'ailleurs, pour plus de garantie, je vais refaire soigneusement le point.

— C'est important, en effet. Mais comment expliquer que cet ilot ne soit pas porté sur les cartes ?

— Parce que, à mon avis, il est de formation très récente. Dans tous les cas, il doit vous suffire qu'il n'y figure pas, et que nous soyons assurés de le retrouver à cette place, le jour où votre volonté sera d'y revenir...

— Oui, capitaine, lorsque ces temps de troubles seront passés ! Que m'importe si ce trésor demeure pendant de longues années enfoui sous ces roches ! N'y sera-t-il pas plus en sûreté que dans ma maison d'Alep ? Ce n'est pas ici que ni le vice-roi, ni son fils Ibrahim, ni cet indigne Mourad, pourront jamais venir m'en dépouiller ! Cette fortune à Mourad, j'aurais mieux aimé l'anéantir au fond des mers !

— Extrémité regrettable, répondit le capitaine Zô, car la mer ne rend plus ce qu'on a confié à ses abîmes. Il est donc heureux que nous ayons découvert cet ilot. Lui, du moins, gardera vos richesses et vous les restituera fidèlement.

3.

— Viens, dit Kamylk-Pacha, en se levant.
Il faut que l'opération s'exécute rapidement,
et mieux vaut que notre navire ne soit pas
aperçu...

— A vos ordres.

— Personne à bord ne sait où nous sommes?...

— Personne, je le répète à Votre Excellence.

— Pas même dans quelle mer?...

— Pas même dans quelle mer de l'Ancien
ou du Nouveau Monde. Il y a quinze mois que
nous courons les océans, et, en quinze mois,
un navire peut franchir de grandes distances
entre les continents, sans en prendre connaissance. »

Kamylk-Pacha et le capitaine Zô descen-
dirent vers l'anfractuosité où les attendait
leur yole.

Au moment d'embarquer, le capitaine dit :

« Et, cette opération terminée, Votre Excellence mettra-t-elle le cap sur la Syrie?...

— Ce n'est pas mon intention. J'attendrai,
avant de rentrer à Alep, que les soldats d'Ibrahim aient évacué la province, et que le pays
ait recouvré son calme sous la main de Mahmoud.

— Vous ne pensez pas qu'il puisse être jamais réuni aux possessions du vice-roi?

— Non! par le prophète, non! s'écria Kamylk-Pacha, à qui cette hypothèse fit perdre de son flegme habituel. Que, pour un temps dont j'espère voir la fin, la Syrie soit annexée au domaine de Méhémet-Ali, c'est possible, car les voies d'Allah sont impénétrables! Mais qu'elle ne retourne pas à titre définitif au pouvoir du sultan... Allah ne le voudrait pas!

— Où Votre Excellence compte-t-elle se réfugier en quittant ces mers?...

— Nulle part... nulle part! Puisque mon trésor sera en sûreté parmi les roches de cet îlot, qu'il y reste! Nous, capitaine Zô, nous continuerons de naviguer comme depuis tant d'années nous l'avons fait ensemble...

— A vos ordres. »

En peu d'instants, Kamylk-Pacha et son compagnon furent de retour à bord.

Vers neuf heures, le capitaine procéda à une première observation du soleil, destinée à obtenir la longitude, c'est-à-dire l'heure du lieu, — observation qu'il compléterait par une seconde à midi, au moment où l'astre passerait au méridien, et qui lui donnerait sa latitude. Il se fit apporter son sextant, il prit hauteur, et, ainsi qu'il l'avait dit à Son Excellence, il poussa l'exactitude de l'opération aussi loin que possible. Ce résultat noté, le capitaine descendit dans sa cabine afin de préparer les calculs qui devaient fixer le gisement de l'îlot et qu'il terminerait une fois la hauteur méridienne obtenue.

Mais, auparavant, il avait donné des ordres pour que la chaloupe fût armée. Ses hommes devaient y embarquer les trois barils déposés dans la soute, ainsi que les outils, pics, pioches, et le ciment nécessaire à l'enfouissement.

Avant dix heures, tout était paré. Six matelots, sous la conduite du maître d'équipage, occupaient la chaloupe. Ils ne soupçonnaient en aucune façon ce que renfermaient ces trois barils, ni pour quelle raison on allait les enterrer en ce coin. Cela ne les regardait pas et ne les inquiétait guère. Marins rompus à l'obéissance, c'étaient des machines fonctionnant sans jamais demander le pourquoi des choses.

Kamylk-Pacha et le capitaine Zô prirent place à l'arrière de la chaloupe, et on atteignit l'îlot en quelques coups d'aviron.

Il s'agissait d'abord de choisir un endroit
convenable pour l'excavation, ni trop près des
bords menacés de coups de mer lors des mauvais temps d'équinoxe, ni trop haut, afin d'é-
viter les chances d'un éboulement. Cet endroit
se rencontra précisément à la base d'un rocher taillé à pic, sur une des pointes de l'ilot
orientées vers le sud-est.

A l'ordre du capitaine Zô, les hommes débarquèrent les barils ainsi que leurs outils, et
vinrent le rejoindre. Puis, ils commencèrent
à attaquer le sol à cette place.

Le travail fut rude. C'est une dure matière
que ce quartz cristallisé. A mesure que les
pics le faisaient voler, les éclats étaient réu-
nis avec soin, car on les emploierait à combler
l'excavation, après que les barils y auraient
été déposés. Il ne fallut pas moins de deux
heures pour obtenir une cavité dont la profondeur mesurait de cinq à six pieds sur une
égale largeur, — véritable fosse dans laquelle
le sommeil d'un mort n'eût jamais été troublé
par le déchainement des tempêtes.

Kamylk-Pacha se tenait à l'écart, l'œil pen-
sif, l'esprit attristé de quelque obsession dou-
loureuse. Se demandait-il s'il ne ferait pas

bien de se coucher à côté de ses trésors pour y dormir de l'éternel sommeil?... Et, vraiment, où trouverait-il un plus sûr abri contre l'injustice et la perfidie des hommes?...

Dès que les barils eurent été descendus au fond de l'excavation, Kamylk-Pacha les regarda une dernière fois. A ce moment, le capitaine Zô eut la pensée, tant l'attitude de Son Excellence fut singulière, qu'elle allait contremander les ordres donnés, renoncer à ce projet, reprendre la mer avec ses richesses?...

Non, et un geste indiqua aux hommes de continuer le travail. Alors le capitaine fit assujettir solidement les trois barils l'un près de l'autre, et on les maintint par des morceaux de quartz, noyés dans un bain de chaux hydraulique. Le tout ne tarda pas à former une masse aussi compacte que la roche même de l'ilot. Puis, par-dessus, des pierres, cimentées entre elles, s'entassèrent de manière à remplir la fosse jusqu'au ras du sol. Après que les pluies et les rafales auraient balayé sa surface, il serait impossible de découvrir l'endroit où le trésor venait d'être enfoui.

Cependant il importait qu'une marque fût faite, — une marque ineffaçable que l'inté-

ressé pût reconnaître un jour. Aussi, sur la paroi verticale du rocher qui se dressait en arrière de l'excavation, le maître d'équipage
grava-t-il, au moyen d'un ciseau, un monogramme dont voici le fac-similé exact :

$$)K$$

C'étaient les deux K du nom de Kamylk-
Pacha, accolés l'un à l'autre, et dont l'Égyptien faisait sa signature habituelle.

Il n'y avait pas lieu de prolonger le séjour
sur l'îlot. Le coffre-fort était maintenant scellé
au fond de cette fosse. Qui pourrait le découvrir en cet endroit, qui pourrait l'arracher de
cette cachette ignorée?... Non! il y était en
sûreté, et si Kamylk-Pacha, si le capitaine Zô,
emportaient ce secret dans la tombe, la fin du
monde arriverait sans que personne eût jamais
pu le trahir.

Le maître d'équipage fit rembarquer ses
hommes, tandis que Son Excellence et le capitaine demeuraient sur une roche du littoral.
Quelques instants après, la chaloupe vint les
chercher et les ramena au brick-goélette, immobile sur son ancre.

Il était onze heures quarante-cinq. Le temps était magnifique. Pas un nuage au ciel. Avant un quart d'heure, le soleil aurait atteint le méridien. Le capitaine alla chercher son sextant, et il se disposa à prendre la hauteur méridienne. Quand il l'eut relevée, il en déduisit la latitude, dont il se servit pour avoir la longitude, en calculant l'angle horaire d'après l'observation faite à neuf heures. Il obtint ainsi la position de l'ilot avec une approximation qui ne devait pas comporter une erreur d'un demi-mille.

Ce travail terminé, il se préparait à remonter sur le pont, lorsque la porte de sa cabine s'ouvrit.

Kamylk-Pacha parut.

« Ton point est-il fait?... demanda-t-il.

— Oui, Excellence.

— Donne. »

Le capitaine tendit la feuille de papier sur laquelle il avait établi ses calculs.

Kamylk-Pacha lut attentivement, comme s'il eût voulu graver en son souvenir le gisement de l'ilot.

« Tu conserveras précieusement ce papier, dit-il au capitaine. Mais, quant au journal de bord, où, depuis quinze mois, tu as porté notre route...

— Ce journal, Excellence, personne ne l'aura jamais...

— Et pour que nous en soyons tout à fait certains, tu vas le détruire à l'instant...

— A vos ordres. »

Le capitaine Zô prit le registre sur lequel étaient chiffrées les diverses directions suivies par le brick-goélette en tant de mers différentes. Il le déchira et en brûla les pages à la flamme d'un fanal.

Kamylk-Pacha et le capitaine revinrent alors sur la dunette, et une partie de la journée se passa à ce mouillage.

Vers cinq heures du soir, des nuages commencèrent à charger l'horizon de l'ouest. A travers leurs étroites déchirures, le soleil couchant dardait des faisceaux de rayons qui semaient la mer de paillettes d'or.

Le capitaine Zô hocha la tête, en marin auquel l'apparence du temps ne plaît guère.

« Excellence, dit-il, il y a forte brise dans ces grosses vapeurs... peut-être même de la bourrasque pour la nuit!... Cet îlot ne nous offre aucun abri, et, avant qu'il ne fasse trop

sombre, je pourrais l'avoir laissé d'une dizaine de milles au vent...

— Mais rien ne nous retient plus ici, capitaine, répondit Kamylk-Pacha.

— Partons en ce cas.

— Une dernière fois, tu n'as pas besoin
pour vérifier ta position en latitude et longitude, de reprendre hauteur?...

— Non, Excellence, et je suis sûr de mon
point comme je le suis d'être l'enfant de ma
mère.

— Appareillons alors.

— A vos ordres. »

Les préparatifs se firent rapidement. L'ancre
quitta le fond et remonta au bossoir. Les voiles
éventées, la route fut donnée à l'ouest de
quart-nord.

Debout à l'arrière, Kamylk-Pacha suivit du
regard l'îlot inconnu, tant que les vagues
lueurs du soir en dessinèrent les contours.
Puis l'amas rocheux s'effaça dans les brumes.
Mais, quand il le voudrait, le riche Égyptien
était assuré d'en retrouver le gisement... et,
avec lui, ce trésor qu'il lui avait confié, —
trésor d'une valeur de cent millions de francs
en or, diamants et pierres précieuses.

IV

Dans lequel le maître Antifer et le patron Gildas Trégomain, deux amis qui ne se ressemblent guère, sont présentés au lecteur.

Tous les samedis, vers huit heures du soir, en fumant sa pipe, — une vraie chiffardière, très courte de tuyau, — maître Antifer entrait dans une colère bleue, dont il sortait tout rouge une heure après, lorsqu'il s'était soulagé aux dépens de son voisin et ami, le patron Gildas Trégomain. Et d'où venait cette fureur?... De ce que, sur un vieil atlas, dont l'une des cartes était dressée d'après la projection planisphérique de Mercator, il ne parvenait pas à trouver ce qu'il cherchait.

« Satanée latitude!... s'écriait-il. Latitude du diable!... Quand bien même elle traverse-

rait la fournaise de Belzébuth, il faudra que
je me décide à la suivre d'un bout jusqu'à
l'autre ! »

Et en attendant qu'il mît ce projet à exécution, maître Antifer égratignait de l'ongle la
dite latitude. Aussi, la carte en question était-
elle ponctuée de coups de crayon, trouée de
pointes de compas comme une passoire à café.

La latitude que visaient les objurgations de
maître Antifer, était chiffrée de cette façon
sur un bout de parchemin d'un jaune qui eût
rivalisé avec celui d'une vieille étamine de pavillon espagnol :

Vingt-quatre degrés cinquante-neuf
minutes nord,

Au-dessous, on voyait ces mots tracés à
l'encre rouge dans un angle du parchemin :

« Recommandation formelle à mon gars de
ne jamais l'oublier. »

Et maître Antifer de s'écrier :

« Sois tranquille, brave homme de père,
je ne l'ai pas oubliée... et ne l'oublierai jamais,
ta latitude ! Mais que mes trois patrons de bap-
tême me bénissent, si je sais à quoi cela peut
servir ! »

Et, ce soir-là, 23 février 1862, maître Antifer s'abandonna à son emportement habituel. La poitrine pleine d'ouragan, il jura comme un gabier à qui une manœuvre courante vient de filer entre les mains, il broya le caillou qui grinçait sous ses dents, il s'en prit à sa pipe qui s'éteignit vingt fois et qu'il ralluma en usant une boite d'allumettes, il envoya son atlas dans un coin, il jeta sa chaise dans un autre, il brisa un gros coquillage qui ornait la cheminée, il frappa du pied à ébranler les poutres du plafond, et, d'une voix accoutumée à dominer le fracas des bourrasques :

« Nanon! .. Énogate! » cria-t-il, en se faisant un porte-voix d'une feuille de carton roulée en cornet.

Énogate et Nanon, occupées, l'une à tricoter, l'autre à repasser près du poêle de la cuisine, jugèrent qu'il était temps de venir mettre le holà dans ce trouble des éléments domestiques.

Une de ces bonnes vieilles maisons de Saint-Malo, construites en granit, avec façade sur la rue des Hautes-Salles, un rez-de-chaussée et deux étages comprenant deux chambres chacun, et dont le dernier, par derrière, domine le chemin de ronde du rempart. La voyez-vous d'ici, ses murs de granit, épais à défier les projectiles de l'ancien temps, ses fenêtres étroites à croisillons de fer, sa porte massive en cœur de chêne, enjolivée d'armatures de métal et munie d'un heurtoir qu'on entend de Saint-Servan, lorsque c'est maître Antifer qui en joue, son toit ardoisé percé de lucarnes, à travers lesquelles s'allonge parfois la lunette de l'ancien marin à la retraite ? Cette maison, moitié casemate, moitié bastide, avoisinant un angle de ces remparts qui font une ceinture à la ville, possède une superbe échappé de vue ; à droite, le Grand-Bey, un coin de Cézembre, la Pointe du Décollé et le cap Fréhel, — à gauche, la jetée et le môle, l'embouchure de la Rance, la plage du Prieuré, près de Dinard, et jusqu'au dôme grisâtre de Saint-Servan.

Autrefois, Saint-Malo était une île, et peut-être maître Antifer regrettait-il le temps où il aurait pu se considérer comme un insulaire. Mais l'antique Aaron est devenue presqu'île, et il avait bien fallu qu'il en prît son parti. D'ailleurs, on a le droit d'être fier quand on est enfant de cette cité de l'Armor, qui a donné

tant de grands hommes à la France, — entre
autres Duguay-Trouin dont notre digne marin
saluait la statue toutes les fois qu'il traversait
le square, Lamennais bien que cet écrivain ne
l'intéressât à aucun titre, et Chateaubriand
dont il ne connaissait que le dernier ouvrage.
Par là, nous voulons dire le modeste et or-
gueilleux tombeau, élevé sur l'îlot du Grand-
Bey, qui porte le nom de l'illustre auteur.

Maître Antifer (Pierre-Servan-Malo) était
alors âgé de quarante-six ans. Depuis dix-huit
mois, il avait pris sa retraite, avec une certaine aisance, qui suffisait aux siens et à lui.
Quelques milliers de francs de rente, c'est ce
que lui avait apporté sa navigation à bord des
deux ou trois navires qu'il avait commandés
et dont Saint-Malo avait toujours été le port
d'attache. Ces navires, appartenant à la maison Le Baillif et Cie, faisaient le grand cabotage de la Manche, de la mer du Nord, de la
Baltique et même de la Méditerranée. Avant
d'en arriver à cette haute position, maître Antifer avait pas mal couru le monde, pendant
le temps qu'il était au service. Bon marin,
très entreprenant, très dur pour lui-même et
aussi pour les autres, payant partout de sa

personne et payant bien, d'un courage à toute
épreuve, d'une ténacité qui ne cédait devant
aucun obstacle, d'un entêtement de Breton
bretonnant! Regrettait-il la mer?... Non, puisqu'il l'avait quittée en pleine force de l'âge.
Sa santé entrait-elle pour quelque chose en
cette résolution?... Aucunement, taillé qu'il
était dans le pur granit des côtes armori-
caines.

En effet, il suffisait de le regarder, de l'entendre, de recevoir une de ses poignées de
main dont il ne se montrait point avare. Que
l'on se figure un homme trapu, de stature
moyenne, de large encolure. Voici son signa-
lement détaillé : caboche celtique ; crinière
rude, hérissée en porc-épic ; face hâlée, tannée,
cuite et recuite au court bouillon de l'eau de
mer, surchauffée par le soleil des basses latitudes ; collier de barbe drue comme du lichen
de roches, dont les fils grisonnants se marient
à ceux de la chevelure ; yeux vifs, véritables
escarboucles au fond de l'arcade sourcilière,
avec l'iris d'un noir de jais et une de ces pu-
pilles qui lancent des étincelles félines ; nez
gros du bout, assez long pour y achevaler les
pinces du jeu de la drogue, ayant deux creux

à sa naissance près de l'œil, comme les salerons d'un vieux cheval ; dents au complet, solides et saines, craquetantes sous les convulsions de la mâchoire, d'autant plus que leur propriétaire a toujours un caillou dans la bouche ; oreilles poilues, pavillon en cornet, lobe pendant, dont l'une, celle de droite, porte seule une boucle de cuivre à ancre enchâssée ; enfin, buste plutôt maigre, emplanté de jambes nerveuses, bien d'aplomb sur leurs puissants supports, et s'ouvrant suivant cet angle qui permet de résister aux dénivellations du roulis et du tangage. Dans tout cet ensemble, on devine une vigueur peu commune, due à ces muscles enroulés comme les faisceaux d'un licteur romain, la santé de fer de l'être bien buvant et bien mangeant, qui aura droit longtemps encore à la patente nette de santé. Mais quelle irritabilité, quelle nervosité, quelle fougue renferme ce composé moral et physique qui, quarante-six années avant, avait été inscrit sur les registres de sa paroisse sous les noms significatifs de Pierre-Servan-Malo Antifer.

Et, ce soir-là, il se démenait, il se débattait, et la solide maison en tremblait, à croire qu'il

4

se déchaînait à sa base une de ces marées d'équinoxe, qui montent de cinquante pieds et couvrent d'écume la moitié de la ville.

Nanon, veuve Le Goât, quarante-huit ans, était la sœur de notre bruyant marin. Son mari, un simple terrien, comptable dans la maison Le Baillif, mort jeune, lui avait laissé une fille, Énogate, dont s'était chargé l'oncle Antifer, — lequel remplissait consciencieusement et disciplinairement ses fonctions de tuteur. Nanon était une brave femme, aimant son frère, tremblant devant lui et se courbant sous les bourrasques.

Énogate, charmante avec ses cheveux blonds, ses yeux bleus, sa fraîche carnation, sa physionomie intelligente, sa grâce naturelle, plus résolue que sa mère, tenait quelquefois tête à son terrible tuteur.

Celui-ci l'adorait d'ailleurs et entendait qu'elle fût la plus heureuse des filles de Saint-Malo comme elle en était l'une des plus belles. Mais peut-être avait-il une manière de comprendre le bonheur qui n'allait point à sa nièce et pupille.

Les deux femmes apparurent sur le seuil de la chambre, l'une avec ses longues aiguilles à tricoter, l'autre avec son fer de repasseuse qu'elle venait de tirer des braises.

« Eh, qu'y a-t-il? demanda Nanon.

— Il y a ma latitude... mon infernale latitude! » répondit maître Antifer.

Et il s'administra un coup de poing qui eût fait craquer toute autre boîte crânienne que celle dont la nature l'avait heureusement gratifié.

« Mon oncle, dit Énogate, ce n'est pas une raison, parce que cette latitude te trouble la tête pour mettre la chambre en désordre... »

Et elle ramassa l'atlas, tandis que Nanon relevait un à un les morceaux du coquillage réduit en miettes, comme s'il eût éclaté sous l'action d'une poudre explosive.

« C'est toi qui viens de le casser, mon oncle?...

— C'est moi, petite, et si c'était un autre que moi, celui-là passerait un mauvais quart d'heure!

— Alors pourquoi l'avoir jeté à terre?...

— Parce que la main me démangeait!

— Ce coquillage était un cadeau de notre frère, dit Nanon, et tu as eu tort...

— Après?... Quand tu me répéteras jusqu'à

demain que j'ai eu tort, ça ne le racommodera pas!

— Que dira mon cousin Juhel? s'écria Éno-gate.

— Il ne dira rien, et il fera bien de ne rien dire! riposta maître Antifer, en manifestant le regret de n'avoir devant lui que deux femmes sur lesquelles il ne pouvait raisonnablement soulager sa colère. — Et au fait, ajouta-t-il, où est Juhel?...

— Tu sais, mon oncle, qu'il est parti pour Nantes, répondit la jeune fille.

— Nantes!... Voilà autre chose!.. Qu'est-il allé faire à Nantes?...

— Mon oncle, c'est toi-même qui l'as envoyé... tu sais... l'examen de capitaine au long cours...

— Capitaine au long cours... capitaine au long cours! grommela maître Antifer. Il ne lui aurait donc pas suffi d'être comme moi capitaine au cabotage?...

— Mon frère, fit observer timidement Nanon, c'est d'après ton propre avis... tu as voulu...

— Eh bien... parce que je l'ai voulu... la belle raison!... Et si je ne l'avais pas voulu,

C'ÉTAIT SUR UNE GABARE QUE S'ÉTAIT ÉCOULÉE SA VIE. (Page 70.)

4.

est-ce qu'il ne serait pas parti tout de même...
pour Nantes?... D'ailleurs, il sera retoqué...

— Non, mon oncle.

— Si, ma nièce... et s'il l'est... je lui promets une réception... en vent de surouêt ! »

Vous le comprenez, il n'y avait aucun moyen
de s'entendre avec un pareil homme. D'une
part, il ne voulait pas que Juhel se présentât
aux examens de capitaine au long cours, et de
l'autre, s'il échouait, le dit Juhel attraperait
une semonce dans laquelle ces « ânes d'exa-
minateurs, ces marchands d'hydrographie »
seraient traités de la belle manière.

Mais Énogate avait sans doute le pressentiment que le jeune homme ne serait pas refusé,
d'abord parce qu'il était son cousin, puis parce
que c'était un garçon intelligent et studieux,
enfin parce qu'il l'aimait, qu'elle l'aimait et
qu'ils devaient s'épouser. Imaginez, s'il vous
plaît, trois meilleures raisons que ces rai-
sons-là !

Il convient d'ajouter que Juhel était neveu
de maître Antifer, lequel lui avait servi de
tuteur jusqu'à sa majorité. Orphelin dès le
bas-âge par la mort de sa mère, une Morlai-
sienne à qui sa naissance avait coûté la vie, et

par la mort de son père, lieutenant de vaisseau, survenue quelques années ensuite, il était resté, enfant encore, à la charge de son oncle. On ne s'étonnera donc pas qu'il fût écrit là-haut qu'il serait marin. D'ailleurs, Énogate avait raison de penser qu'il obtiendrait sans peine son brevet de capitaine au long cours. L'oncle n'en doutait pas non plus ; mais il était de trop mauvaise humeur pour en convenir.

Et cela importait d'autant plus à la jeune Malouine que le mariage, depuis longtemps arrêté entre son cousin et elle, devait suivre d'assez près l'obtention dudit brevet. Les deux jeunes gens s'aimaient de ce franc et pur amour, qui doit suffire au bonheur de deux existences. Nanon voyait approcher avec joie le jour où serait célébrée cette union tant souhaitée de toute la famille. D'où aurait pu venir un obstacle, puisque le chef tout-puissant, à la fois oncle et tuteur, donnait son consente-ment... ou du moins s'était réservé de le don-ner, quand le futur serait capitaine ? Il va sans dire que Juhel avait fait le complet apprentis-sage de son métier, d'abord mousse et novice à bord des navires de la maison Le Baillif, matelot au service de l'État, et lieutenant pen-

dant trois ans dans la marine marchande. Ni la
pratique ni la théorie ne lui manquaient. Au
fond, maître Antifer se montrait très fier de
son neveu. Mais peut-être aurait-il rêvé pour
lui une plus riche alliance, parce que c'était un
garçon de grand mérite, de même qu'il eût
peut-être souhaité à sa nièce quelque plus riche
parti, parce qu'il n'y avait pas d'aussi avenante
jeune fille dans tout l'arrondissement.

« Et même dans l'Ille-et-Vilaine ! » répétait-il en fronçant le sourcil, bien décidé à
pousser son affirmation jusqu'à la Bretagne
tout entière.

Et, en cas qu'un bon million fût venu à lui
choir entre les mains, — lui qui était si heureux avec ses cinq mille livres de rentes, — il
n'eût pas été impossible qu'il perdît la tête,
en s'abandonnant à des rêves insensés...

Cependant Énogate et Nanon avaient remis
un peu d'ordre dans la chambre de cet homme
redoutable, sinon dans son cerveau. C'est là
pourtant qu'il y aurait eu à ranger, à frotter,
à épousseter... ne fût-ce que pour chasser les
papillons qui s'y logeaient, et même ces arai-
gnées de plafond...

Maître Antifer, lui, allait et venait, roulant

des yeux encore illuminés d'éclairs, — preuve
que l'orage ne tirait pas à sa fin, et qu'un coup
de foudre pouvait éclater d'un moment à
l'autre. Et, quand il regardait son baromètre
suspendu au mur, il semblait que sa colère
redoublait, parce que le scrupuleux et fidèle
instrument se tenait au beau fixe.

« Ainsi, Juhel n'est pas de retour?...
demanda-t-il en se retournant vers Énogate.

— Non, mon oncle.

— Et il est dix heures!

— Non, mon oncle.

— Vous verrez qu'il manquera le train!

— Non, mon oncle.

— Ah çà! as-tu bientôt fini de me contredire?...

— Non, mon oncle. »

Malgré les signes désespérés de Nanon, la
jeune Bretonne était très résolue à soutenir
son cousin contre les injustes accusations de
cet oncle si mal embouché.

Décidément, l'éclair et le coup de foudre
n'étaient pas loin. Mais n'y avait-il donc pas un
paratonnerre qui fût capable de soutirer toute
l'électricité accumulée dans les réservoirs de
maître Antifer?

Si, peut-être. C'est pourquoi Nanon et sa
fille s'empressèrent de lui obéir, lorsqu'il se
fut écrié d'une voix de stentor :

« Qu'on aille me chercher Trégomain! »

Elles quittèrent la chambre, ouvrirent la
porte de la rue, et coururent chercher Trégomain.

« Mon Dieu! pourvu qu'il soit chez lui! » se
disaient-elles.

Il y était, et, cinq minutes après, il se trouvait en présence de maître Antifer.

Gildas Trégomain, cinquante et un ans.
Points de ressemblance avec son voisin : est
célibataire comme lui, a navigué comme lui,
ne navigue plus comme lui, a pris sa retraite
comme lui, est Malouin comme lui. Là s'ar-
rêtent les similitudes. En effet, Gildas Trégomain est aussi calme que maître Antifer est
vif, aussi philosophe que maître Antifer l'est
peu, aussi accommodant que maître Antifer
est difficile. Voilà pour le côté moral. Pour le
physique, les deux compères sont encore plus
dissemblables, si c'est possible. Très liés pourtant, cette amitié, si justifiée de Pierre Antifer
à Gildas Trégomain, le paraît moins de Gildas
Trégomain à Pierre Antifer. On le sait, ce

n'est pas une fonction qui va sans quelques ennuis, d'être l'ami d'un pareil homme.

Il vient d'être dit que Gildas Trégomain avait navigué, mais il y a navigateur et navigateur. Si maître Antifer n'était pas sans avoir visité les principales mers du globe, tant au service qu'au commerce avant de commander au grand cabotage, il n'en était pas ainsi de son voisin. Gildas Trégomain, exempté comme fils de veuve, n'ayant pas eu à partir comme matelot de l'État, n'avait jamais été sur mer.

Non! jamais. Il avait aperçu la Manche des hauteurs de Cancale et même du cap Fréhel, mais ne s'y était point aventuré. Né dans la cabine peinturlurée d'une gabare, c'était sur une gabare que s'était écoulée sa vie. Marinier d'abord, patron ensuite de la *Charmante-Amélie*, il montait et remontait la Rance, de Dinard à Dinan, de Dinan à Plumaugat, pour la redescendre ensuite, avec un chargement de planches, de vins, de charbon, suivant les demandes. A peine s'il connaissait les autres rivières des départements d'Ille-et-Vilaine et des Côtes-du-Nord. C'était un doux marin d'eau douce, rien de plus, tandis que maître Antifer était le plus salé des marins d'eau salée

— un simple gabarier près d'un maître au cabotage. Aussi baissait-il pavillon en la présence de son voisin et ami, qui ne se gênait pas pour le tenir à distance.

Gildas Trégomain habitait une petite maison coquette et attrayante à cent pas de celle de maître Antifer, à l'extrémité de la rue de Toulouse, proche le rempart. Elle avait vue d'un côté sur l'embouchure de la Rance, tandis que l'autre côté avait vue sur le large. Son propriétaire était un homme puissant, d'une carrure d'épaules extraordinaire, — près d'un mètre, — cinq pieds six pouces de taille, un buste comme un coffre, invariablement doublé d'un vaste gilet à deux rangs de boutons d'os, et d'une vareuse brune, toujours très propre, avec de gros plis dans le dos et aux emmanchures. De ce buste sortaient des bras solides, qui auraient pu servir de cuisses à un homme moyen, et terminées par des mains énormes qui auraient pu servir de pieds à un grenadier de l'ancienne garde. On comprend qu'ainsi membré et musclé, Gildas Trégomain fût doué d'une force herculéenne. Mais c'était un bon hercule. Jamais il n'avait abusé de sa force, et ne vous serrait les mains que du pouce et

5

de l'index, crainte d'écraser vos doigts. La
vigueur était latente en lui. Elle ne procédait
point par à-coups, et se manifestait sans
efforts.

A le comparer aux machines, il ne donnait
pas l'idée d'un marteau-pilon qui martèle le
fer d'un choc terrible, mais plutôt l'idée d'une
de ces presses hydrauliques qui courbent à
froid les tôles les plus résistantes. Cela venait
de la circulation de son sang, grande et géné-
reuse, lente et insensible.

Sur la base des épaules s'arrondissait une
tête grosse, coiffée d'un chapeau de haute
forme à larges bords, avec des cheveux plats,
des côtelettes de favoris peu épaisses, un de
ces nez busqués qui donnent du caractère au
profil, une bouche souriante, la lèvre supérieure rentrant, la lèvre inférieure sortant, des
plis gras au menton, de belles dents blanches,
sauf une incisive qui manquait en haut, — de
ces dents qui ne mordent pas et que n'avait
jamais salies la fumée d'une pipe, — un œil
limpide et bon sous d'épais sourcils roux, un
teint d'un ton de brique, dû aux brises de la
Rance et non à ces hâles violents que triturent
les rudes rafales de l'Océan.

Tel était Gildas Trégomain, un de ces hommes obligeants dont on dit : Venez à midi, venez à deux heures, vous les trouverez toujours prêts à rendre service! C'était, aussi, une sorte de rocher inébranlable contre lequel se fatiguaient en vain les houles de maître Antifer. On l'envoyait chercher, quand son voisin avait sa figure de vent de su-surouêt, et il venait s'offrir aux coups de mer de ce tumultueux personnage.

Aussi, l'ex-patron de la *Charmante-Amélie* était-il adoré dans la maison, — de Nanon qui s'en faisait un rempart, de Juhel qui lui vouait une amitié filiale, d'Énogate qui ne se gênait point pour embrasser ses deux joues rebondies et son front que ne sillonnait aucune ride, — signe indiscutable d'un tempérament calme et conciliant, au dire des physionomistes.

Donc ce soir-là, vers quatre heures et demie, le gabarier monta l'escalier de bois qui conduisait à la chambre du premier étage, les marches craquant sous sa pesante allure. Puis, poussant la porte, il se trouva en présence de maître Antifer.

V

Dans lequel Gildas Trégomain a bien de la peine
à ne point contredire maître Antifer.

« Te voilà enfin, patron ?...

— Je suis accouru dès que tu m'as fait demander, mon ami...

— Non sans y mettre le temps!

— Le temps de venir.

— Vraiment! C'est à croire que tu as pris
passage sur la *Charmante-Amélie!* »

Gildas Trégomain ne releva pas cette allu-
sion à la marche lente des gabares, comparée
à la vitesse des bâtiments de mer. Il comprit
que son voisin était de méchante humeur, ce
qui ne pouvait l'étonner, et il se promit de
tout endurer, ce qui était dans ses habitudes.

Maître Antifer lui tendit un doigt qu'il

pressa doucement entre le pouce et l'index de
sa large main.

« Eh!... Pas si fort, que diable! Tu serres
toujours trop!

— Excuse-moi... Je ne l'ai point fait
exprès...

— Eh bien, il n'aurait plus manqué que
cela ! »

Puis, d'un geste, maître Antifer invita Gildas
Trégomain à s'asseoir devant la table au milieu de la chambre.

Le gabarier obéit et s'installa sur la chaise,
les jambes arquées, les pieds en dehors bien
assujettis dans des souliers sans talons, son
vaste mouchoir étalé sur ses genoux, — un
mouchoir de cotonnade à fleurettes bleues et
rouges, orné d'une ancre à chaque angle.

Cette ancre avait le privilège de provoquer
chez maître Antifer un fort haussement d'é-
paules... Une ancre à un gabarier!... Pourquoi pas un mât de misaine, un grand mât et
un mât d'artimon à une gabare !

« Tu prendras un cognac, patron? dit-il en
avançant deux verres et un flacon.

— Tu sais, mon ami, que je ne prends
jamais rien. »

Ce qui n'empêcha pas maître Antifer de remplir les deux dés à coudre. Suivant une coutume qui datait de dix ans déjà, après avoir bu son cognac, il buvait celui de Gildas Trégomain.

« Et maintenant, causons.

— De quoi?... répondit le gabarier, qui savait parfaitement à quel propos on l'avait fait venir.

— De quoi, patron?... Et de quoi veux-tu que nous causions, si ce n'est de...

— C'est juste ! As-tu trouvé sur cette fameuse latitude le point qui t'intéresse?...

— Trouvé?... Et comment veux-tu que je trouve?... Est-ce en écoutant le bavardage de ces deux femelles qui étaient là tout à l'heure...

— La bonne Nanon et ma jolie Énogate !...

— Oh! je sais... Tu es toujours disposé à prendre leur parti contre moi... Mais il ne s'agit pas de cela... Voilà huit ans que mon père Thomas est décédé, voilà huit ans que cette question traîne sans avancer d'un pas... Il faut que cela finisse !

— Moi... dit le gabarier en clignant de l'œil, je finirais... en ne m'en occupant plus...

— Vraiment, patron, vraiment ! Et la re-

commandation de mon père à son lit de mort,
qu'en fais-tu?... C'est pourtant sacré, ces
choses-là!

— Il est fâcheux, répondit Gildas Trégomain, que le brave homme n'en ait pas dit plus
long...

— S'il n'en a pas dit plus long, c'est qu'il
n'en savait pas plus long!... Mille noms du
diable, est-ce que j'arriverai, moi aussi, à mon
dernier jour sans en avoir su davantage? »

Gildas Trégomain fut sur le point de répondre que cela était infiniment probable... et
même désirable. Il se retint, cependant, afin
de ne point surexciter son bouillant contradic-
teur.

Voici, d'ailleurs, ce qui était advenu quelques jours avant que Thomas Antifer eût passé
de vie à trépas.

C'était en l'an 1854, — une année que le
vieux marin ne devait pas achever en ce bas
monde. Aussi, se sentant très malade, crut-il
devoir confier à son fils une histoire dont il lui
avait été impossible de pénétrer le mystère.

Cinquante-cinq ans auparavant, — en 1799,
— alors qu'il naviguait au commerce dans les
Échelles du Levant, Thomas Antifer courait

des bords en vue des côtes de Palestine, le jour
où Bonaparte faisait fusiller les prisonniers de
Jaffa. Un de ces malheureux, qui s'était réfugié
sur un rocher, où l'attendait une mort inévitable, fut recueilli par le marin français pendant la nuit, embarqué sur son navire, soigné
de ses blessures, et finalement guéri après deux
mois de bons traitements.

Ce prisonnier se fit connaître à son sauveur.
Il lui dit s'appeler Kamylk-Pacha, être origi-
naire d'Égypte, et, lorsqu'il prit congé, il
assura le brave Malouin qu'il ne l'oublierait
pas. Le moment venu, celui-ci recevrait des
preuves de sa reconnaissance.

Thomas Antifer se sépara de Kamylk-Pacha,
poursuivit le cours de ses navigations, pensa
plus ou moins aux promesses qui lui avaient été
faites, et se résigna à n'y plus songer, car il ne
semblait pas qu'elles dussent se réaliser jamais.

En effet, ayant pris sa retraite avec l'âge, le
vieux marin était revenu à Saint-Malo, ne songeant plus qu'à s'occuper de l'éducation maritime de son fils Pierre, et il avait déjà soixante-
sept ans, lorsqu'une lettre lui arriva en juin
1842.

D'où venait cette lettre écrite en français?...

D'Égypte assurément, à s'en rapporter aux timbres de départ. Que contenait-elle ?... Simplement ceci :

« Le capitaine Thomas Antifer est prié de noter sur son carnet cette latitude, 24 *degrés* 59 *minutes nord*, laquelle sera complétée par une longitude qui lui sera ultérieurement communiquée. Il voudra bien ne point l'oublier et aussi la tenir secrète. Il s'agit pour lui d'un intérêt considérable. La somme énorme en or, diamants, pierres précieuses que cette latitude et cette longitude lui vaudront un jour, ne sera que la juste récompense des services qu'il a rendus autrefois au prisonnier de Jaffa. »

Et cette lettre était uniquement signée d'un double K formant monogramme.

Voilà qui alluma l'imagination du bonhomme, — lequel était bien le digne père de son fils. Ainsi donc, après quarante-trois ans, Kamylk-Pacha se souvenait ! Il y avait mis le temps ! Mais, sans doute, des obstacles de toute nature l'avaient retardé en ce pays de Syrie, dont la situation politique ne venait d'être définitivement fixée qu'en 1840, par le traité de Londres, signé le 15 juillet et au profit du sultan.

5.

Maintenant, Thomas Antifer était possesseur d'une latitude qui passait par un certain point du globe terrestre, où Kamylk-Pacha avait enfoui toute une fortune. Et quelle fortune ?... Dans sa pensée, rien moins que des millions. Toutefois il lui était enjoint de garder un secret absolu sur cette affaire, en attendant l'arrivée du messager qui devait un jour lui apporter la longitude promise. Aussi n'en parla-t-il à personne, — pas même à son fils.

Il attendit. Il attendit pendant douze ans, et il aurait eu une sœur Anne, montée sur une tour, que sa sœur Anne n'aurait rien vu venir ! Et pourtant, était-il admissible qu'il emportât ce secret dans la tombe, s'il atteignait le terme de son existence avant d'avoir ouvert sa porte à l'envoyé du pacha ?... Non ! Il ne le crut pas, du moins. Il se dit que ce secret devait être confié à celui auquel il appartenait d'en profiter à sa place, à son fils, à Pierre-Servan-Malo. C'est pourquoi, en 1854, le vieux marin, alors âgé de quatre-vingt-un ans, sentant qu'il n'avait plus que quelques jours à vivre, n'hésita pas à instruire son gars et unique héritier des intentions de Kamylk-Pacha. Il lui fit jurer, — ainsi que cela avait été recommandé à lui-

même, — de ne jamais oublier les chiffres de
cette latitude, de conserver précieusement la
lettre signée du double K et d'attendre en
toute confiance l'apparition du messager.

Puis, le brave homme mourut, pleuré des
siens, regretté de tous ceux qui l'avaient connu,
et il fut mis en terre dans le caveau de famille.

On connaît maître Antifer, et on imagine
aisément avec quelle intensité une telle révélation opéra sur son esprit, sur son imagination
inflammable, et de quels désirs ardents fut
brûlé tout son être. Il décupla dans sa pensée
les millions qu'avait entrevus son père. Il fit
de Kamylk-Pacha une sorte de nabab des *Mille
et une Nuits*. Il ne rêva plus que d'or et de
pierres précieuses enfouis au fond d'une caverne alibabanne!... Mais, étant données son
impatience naturelle, sa nervosité caractéris-
tique, il lui eût été impossible de montrer la
même réserve que son père. Demeurer douze
ans sans mot dire, sans se confier à personne,
sans rien tenter pour savoir ce que pouvait être
devenu le signataire de la lettre au double K,
le père l'avait pu... le fils en fut incapable.
Aussi, en 1855, au cours de l'un de ses voyages
dans la Méditerranée, après avoir fait relâche

à Alexandrie, s'informa-t-il, avec toute l'adresse dont il était susceptible, de ce Kamylk-Pacha.

Avait-il existé ?... Aucun doute à cet égard, puisque le vieux marin possédait une lettre de sa main. Existait-il encore ?... Grave question à laquelle maître Antifer s'attacha tout particulièrement. Les informations furent déconcertantes. Kamylk-Pacha avait disparu depuis une vingtaine d'années, et personne ne pouvait dire ce qu'il était devenu.

Quel terrible abordage dans les œuvres vives de maître Antifer! Il ne coula pas cependant. D'ailleurs, si l'on était sans nouvelles de Kamylk-Pacha, il y avait certitude qu'en 1842 il était vivant, — la fameuse lettre le prouvait. Ce qui semblait probable, c'est qu'il avait dû quitter le pays pour des raisons que rien ne l'obligeait à révéler. Lorsque le moment serait venu, son messager, porteur de l'intéressante longitude annoncée, se présenterait de sa part, et, puisque le père n'était plus de ce monde, ce serait le fils qui le recevrait, en lui réservant bon accueil, on peut l'en croire.

Maître Antifer revint donc à Saint-Malo, et ne dit rien à personne, bien qu'il lui en coutât. Il continua de naviguer jusqu'à l'époque où il abandonna le métier en 1857, et, depuis lors, il vécut au milieu de sa famille.

Mais quelle existence énervante! Inoccupé, désœuvré, il était toujours sous l'obsession d'une idée fixe! Ces vingt-quatre degrés et ces cinquante-neuf minutes voltigeaient sans cesse autour de sa tête comme de taquinantes mouches!... Enfin, la langue lui démangeant, il confia son secret à sa sœur, à sa nièce, à son neveu, à Gildas Trégomain. Aussi ledit secret ne tarda-t-il pas — en partie du moins — à transpirer dans toute la ville, même jusqu'au delà de Saint-Servan et de Dinard. On sut qu'une fortune énorme, invraisemblable, insensée, devait tomber, un jour ou l'autre, entre les mains de maître Antifer, qu'elle ne pouvait lui échapper... Et on ne frappait pas une fois à sa porte, sans qu'il s'attendît à être salué par ces mots :

« Voici la longitude que vous attendez. »

Quelques années s'écoulèrent. Le messager de Kamylk-Pacha ne donnait pas signe de vie. Aucun étranger n'avait franchi le seuil de la maison. De là, surexcitation permanente de maître Antifer. Sa famille avait fini par ne plus croire à cette fortune, et la lettre lui semblait être une simple mystification. Gildas Trégomain, tout en se gardant bien de le laisser voir, considérait son ami comme un naïf de première catégorie, et cela lui était une peine pour la corporation si estimable des marins au cabotage. Mais lui, Pierre-Servan-Malo, n'en démordait pas. Rien ne pouvait entamer sa conviction. Cette fortune de nabab, c'était comme s'il la tenait, et il ne fallait point le contredire à ce sujet, pour peu que l'on fût soucieux d'éviter une tempête.

Aussi, ce soir-là, le gabarier, lorsqu'il se trouva en sa présence, devant la table où tremblotaient les deux verres de cognac, était-il bien décidé à ne point provoquer une explosion dans la sainte-barbe de son voisin.

« Voyons, lui dit maître Antifer, en le regardant en face, réponds-moi sans détours, car tu as quelquefois l'air de ne pas comprendre! Après tout, le patron de la *Charmante-Amélie* n'a jamais eu occasion de faire son point... Ce n'est pas entre les rives de la Rance, — un ruisseau! — qu'il est nécessaire de prendre hauteur, d'observer le soleil, la lune, les étoiles... »

Et, par l'énumération de ces pratiques qui

forment le fond de l'hydrographie, soyez certains que Pierre-Servan-Malo entendait dé-
montrer l'immense distance qui sépare un
maître au cabotage d'un patron de gabare.

L'excellent Trégomain souriait, résigné,
suivant du regard les raies multicolores de
son mouchoir, déplié sur ses genoux.

« Voyons, m'écoutes-tu, gabarier?...

— Oui, mon ami.

— Eh bien, une fois pour toutes, sais-tu
exactement ce que c'est qu'une latitude?...

— A peu près.

— Sais-tu que c'est un cercle parallèle à
l'Équateur, et qu'il se divise en trois cent
soixante degrés, soit vingt et un mille six cent
soixante minutes d'arc, ce qui vaut un million
deux cent quatre-vingt-seize secondes?...

— Comment ne le saurais-je pas? répondit
Gildas Trégomain avec un bon sourire.

— Et sais-tu qu'un arc de quinze degrés
correspond à une heure de temps, et un arc
de quinze minutes à une minute de temps, et
un arc de quinze secondes à une seconde de
temps?...

— Veux-tu que je répète par cœur?...

— Non! c'est inutile. Eh bien, j'ai connaissance de cette latitude vingt-quatre degrés cinquante-neuf minutes au nord de l'Équateur. Or, sur ce parallèle qui comporte trois cent soixante degrés, — trois cent soixante, entends-tu ! il y en a trois cent cinquante-neuf dont je me moque comme d'une ancre qui a perdu ses pattes ! Mais il y en a un, un seul, que je ne connais pas, que je ne connaîtrai que lorsqu'on m'aura indiqué la longitude qui le croise... et là... à cet endroit, il y a des millions... Ne souris pas...

— Je ne souris pas, mon ami.

— Oui... des millions qui sont à moi, que j'ai le droit d'aller déterrer, le jour où je saurai à quelle place ils sont enfouis...

— Eh bien, répondit doucement le gabarier, il faut attendre patiemment le messager qui t'apportera la bonne nouvelle...

— Patiemment... patiemment !... Mais qu'as-tu donc dans les veines ?...

— Du sirop, j'imagine, rien que du sirop, répondit Gildas Trégomain.

— Et moi, c'est du vif-argent... c'est du sal-pêtre, qui est dissous dans mon sang... et je ne peux plus me tenir en repos... je me mange... je me dévore...

III

« IL NE S'AGIT PAS DE LA RANCE ! » (Page 89.)

— Il faudrait te calmer...

— Me calmer?... Oublies-tu donc que nous sommes en 62... que mon père est mort en 54... qu'il possédait ce secret depuis 42... et que voilà vingt ans bientôt que nous attendons le mot de cette infernale charade...

— Vingt ans! murmura Gildas Trégomain. Comme le temps passe! Il y a vingt ans, je commandais encore la *Charmante-Amélie*...

— Qui te parle de la *Charmante-Amélie?* s'écria maître Antifer. Est-il question de la *Charmante-Amélie* ou de la latitude renfermée dans cette lettre?... »

Et il faisait voltiger, sous les yeux clignotants du gabarier, la fameuse lettre, déjà jaunie, où figurait le monogramme de Kamylk-Pacha.

« Oui... cette lettre... cette maudite lettre, reprit-il, cette diabolique lettre, que je suis parfois tenté de déchirer, de réduire en cendres...

— Et peut-être serait-ce sage?... se hasarda à dire le gabarier.

— Holà... patron Trégomain, repartit maître Antifer, l'œil enflammé, la voix résonnante, qu'il ne vous arrive plus jamais de me répondre comme vous venez de le faire!

— Jamais.

— Et si, dans un moment de folie, je voulais détruire cette lettre, qui constitue pour moi un acte de propriété, si j'étais assez déraisonnable pour oublier ce que je dois aux miens et à moi-même, et si vous ne m'en empêchiez pas...

— Je t'en empêcherais, mon ami, je t'en empêcherais... » se hâta de répondre Gildas Trégomain.

Maître Antifer, très monté, saisit son verre de cognac, choqua celui du gabarier et dit :

« A ta santé, patron.

— A la tienne! » répondit Gildas Trégomain, qui leva le verre à la hauteur de ses yeux et le reposa sur la table.

Pierre-Servan-Malo était resté méditatif, fourrageant sa chevelure d'une main fébrile, murmurant des paroles entrecoupées de jurons et de soupirs, manœuvrant son caillou entre ses dents. Puis, soudain, se croisant les bras, et regardant son ami.

« Sais-tu au moins par où passe ce damné parallèle... cette latitude vingt-quatre cinquante-neuf nord?

— Comment ne le saurais-je pas? répondit

le gabarier, qui avait cent fois subi cette petite leçon de géographie.

— N'importe, patron ! Il est de ces choses qu'on ne saurait trop savoir ! »

Et, ouvrant son atlas à la carte du planisphère, où se développait le sphéroïde terrestre :

« Regarde ! » dit-il d'un ton qui n'admettait ni hésitation ni réplique.

Gildas Trégomain regarda.

« Tu vois bien Saint-Malo, n'est-ce pas ?...

— Oui, et voici la Rance...

— Il ne s'agit pas de la Rance ! Tu me feras damner avec ta Rance !... Voyons, attrape le méridien de Paris, et descends jusqu'au vingt-quatrième parallèle.

— Je descends.

— Traverse la France, l'Espagne... Entre en Afrique... Dépasse l'Algérie... Arrive au tropique du Cancer... Là... au-dessus de Tombouctou...

— J'y suis.

— Eh bien, nous voici sur cette fameuse latitude.

— Oui... nous y sommes.

— Filons dans l'est maintenant... Franchissons toute l'Afrique, enjambons la mer

Rouge... arpentons l'Arabie au-dessus de la Mecque... Donnons un coup de chapeau à l'iman de Mascate... sautons l'Inde en laissant Bombay et Calcutta sur tribord... effleurons le bas de la Chine, l'île Formose, l'océan Pacifique, le groupe des Sandwich... Me suis-tu bien ?...

— Si je te suis ! répondit Gildas Trégomain en s'épongeant le crâne avec son vaste mouchoir.

— Eh bien, te voici en Amérique, au Mexique... puis dans le golfe... puis près de la Havane.. Tu te jettes à travers le détroit de la Floride... tu t'aventures sur l'océan Atlantique... tu longes les Canaries... tu gagnes l'Afrique... tu remontes le méridien de Paris... et tu es de retour à Saint-Malo, après avoir fait le tour du monde sur le vingt-quatrième parallèle.

— Ouf ! dit le complaisant gabarier.

— Et maintenant, reprit maître Antifer, que nous avons traversé les deux continents, l'Atlantique, le Pacifique, l'océan Indien, dont les îles et les îlots se comptent par milliers, peux-tu me dire, gabarier, où est l'endroit qui renferme les millions ?...

— C'est ce qu'on ne sait pas...

— Et ce qu'on saura...

— Oui... ce qu'on saura, lorsque le messager... »

Maître Antifer prit le second verre de cognac que n'avait pas vidé le patron de la *Charmante-Amélie*.

« A ta santé! dit-il.

— A la tienne! » répondit Gildas Trégomain en toquant le verre vide contre le verre plein de son ami.

Dix heures venaient de sonner. Un vigoureux coup du heurtoir ébranla la porte de la rue.

« Si c'était l'homme à la longitude! » s'écria le trop nerveux Malouin.

— Oh! fit son ami, qui ne put retenir cette légère exclamation de doute.

— Et pourquoi pas?... s'écria maître Antifer, dont les joues devinrent ultra-pourpres.

— Au fait!... Pourquoi pas?...» répondit le gabarier, qui ébaucha même un commencement de salut pour recevoir le porteur de la bonne nouvelle.

Soudain, des cris retentirent au rez-de-chaussée, — des cris de joie, il est vrai, qui, venant de Nanon et d'Énogate, ne pouvaient s'adresser à un envoyé de Kamylk-Pacha.

« C'est lui... c'est lui!... répétaient les deux femmes.

— Lui?... lui?... » fit maître Antifer.

Et il se dirigeait vers l'escalier, lorsque s'ouvrit la porte de sa chambre.

« Bonsoir, mon oncle, bonsoir! »

Cela fut dit d'une voix gaie et satisfaite, qui eut le don d'exaspérer l'oncle en question.

« Lui », c'était Juhel. Il venait d'arriver. Il n'avait point manqué le train de Nantes, ni même son examen, car il s'écria :

« Reçu, mon oncle, reçu!

— Reçu! redirent la vieille femme et la jeune fille.

— Reçu... quoi?... répliqua maître Antifer.

— Reçu capitaine au long cours avec le maximum de points! »

Et comme son oncle ne lui ouvrait pas ses bras, il tomba dans ceux de Gildas Trégomain, qui le pressa sur sa poitrine à lui couper la respiration.

« Vous allez l'étouffer, Gildas! fit observer Nanon.

— A peine si je l'ai serré! » répondit en

souriant l'ex-patron de la *Charmante-Amélie*.

Cependant Juhel avait recouvré ses sens, après avoir haleté coup sur coup, et, se tournant vers maître Antifer, qui se promenait d'un pas fébrile :

« Et maintenant, mon oncle, à quand le mariage?...

— Quel mariage?...

— Mon mariage avec ma chère Énogate, répondit Juhel. Est-ce que ce n'est pas convenu?...

— Oui... convenu, affirma Nanon.

— A moins qu'Énogate ne veuille plus de moi depuis que suis capitaine au long cours...

— Oh! mon Juhel! », répondit la jeune fille en lui tendant une main dans laquelle le bon Trégomain — il l'a prétendu du moins — crut voir qu'elle avait mis son cœur.

Maître Antifer ne répondait pas, et semblait chercher à sentir d'où venait le vent.

« Voyons, mon oncle?... » dit en insistant le jeune homme.

Et il était là, déployant sa belle taille, laissant rayonner sa jolie figure, ses yeux brillants de bonheur.

« Mon oncle, reprit-il, est-ce que vous

6

n'avez pas dit : Le mariage se fera quand tu seras reçu, et nous fixerons la date à ton retour?

— Je crois que tu l'as dit, mon ami! se hasarda à opiner le gabarier.

— Eh bien... je suis reçu, répéta Juhel, me voici de retour... et, si vous n'y voyez pas d'inconvénient, mon oncle, nous mettrons cela aux premiers jours d'avril... »

Pierre-Servan-Malo bondit.

« Dans huit semaines?... Pourquoi pas dans huit jours... dans huit heures... dans huit minutes?...

— Dame! si cela se pouvait, mon oncle, ce n'est pas moi qui réclamerais...

— Oh! il faut le temps! répliqua Nanon. Il y a des préparatifs... des emplettes...

— Oui... j'aurai un habit neuf à me faire construire, dit Gildas Trégomain, le futur garçon d'honneur.

— Alors... au 5 avril?... demanda Juhel.

— Soit... conclut maître Antifer, qui se sentait poussé jusque dans ses derniers retranchements.

— Ah! mon bon oncle, » s'écria la jeune fille, en lui sautant au cou.

— Ah! mon cher oncle, » s'écria le jeune homme.

Et, comme il l'embrassait d'un côté, tandis qu'Énogate l'embrassait de l'autre, il n'est pas impossible que leurs joues se soient rencontrées.

« C'est entendu, reprit l'oncle, le 5 avril... mais à une condition...

— Pas de conditions...

— Une condition?... s'écria Gildas Trégomain, qui craignait encore quelque machination de son ami.

— Oui... une condition...

— Et laquelle, mon oncle?... demanda Juhel, dont le sourcil commençait à se froncer.

— C'est que d'ici-là, je n'aurais pas reçu ma longitude... »

On respira.

« Oui!... oui!... » fut-il répondu d'une seule voix.

Et vraiment, il eût été cruel de refuser cette satisfaction à maître Antifer. D'ailleurs, quelle probabilité y avait-il que le messager de Kamylk-Pacha, depuis vingt ans attendu, fît son apparition avant la date convenue pour le mariage de Juhel et d'Énogate?

VI

Première escarmouche entre l'Occident et l'Orient, dans laquelle l'Orient est assez malmené par l'Occident.

Une semaine s'écoula. Du messager, pas même l'ombre. Gildas Trégomain disait qu'il serait moins étonné de voir apparaître le prophète Elie, retour du ciel. Mais il se gardait bien d'exprimer son opinion sous cette forme biblique devant maître Antifer.

En ce qui concerne Énogate et Juhel, tous deux ne songeaient guère à l'envoyé de Kamylk-Pacha, un être purement imaginaire, et s'il n'y avait que ce bonhomme qui pût troubler ou retarder l'union projetée!... Non! ils s'occupaient des préparatifs de départ pour ce charmant pays du mariage dont le jeune homme connaissait la longitude, et la jeune fille la

IV

MAITRE ANTIFER DESCENDIT PAR LA RUE DU BEY. (Page 99.)

latitude, ce pays qu'il leur serait si facile d'atteindre en combinant ces deux éléments géographiques. On pouvait être assuré que la combinaison se ferait le 5 avril, à la date fixée.

Quant à maître Antifer, il était devenu plus insociable, plus inabordable que jamais. La date de la cérémonie se rapprochait chaque jour de vingt-quatre heures. Encore quelques semaines, et les fiancés seraient unis par d'indissolubles liens. Le beau résultat, vraiment! Au fond, leur oncle n'avait-il pas rêvé pour eux des alliances superbes, lorsqu'il serait riche? Et s'il tenait à ces millions, ces introuvables millions qui lui appartenaient, ce n'était pas avec l'idée d'en jouir par lui-même, d'en tirer profit, de mener la grande existence, d'habiter des palais, de rouler carrosse, de manger dans de la vaisselle d'or, de porter des boutons de diamants à son plastron?... Non, grand Dieu! Mais il comptait faire épouser une princesse à Juhel, et un prince à Énogate! Que voulez-vous? C'était sa marotte, sa monomanie. Et voilà que son désir risquait de ne point se réaliser si le messager n'arrivait pas en temps utile, et faute de quelques chiffres, combinés avec ceux qu'il possédait déjà, la cachette de

Kamylk-Pacha ne viderait que trop tard ses trésors dans sa caisse!...

Maître Antifer ne dérageait plus. Il ne pouvait tenir dans sa maison. D'ailleurs, mieux valait qu'il fût dehors pour la tranquillité commune. On ne le voyait qu'aux heures de repas, et même ne faisait-il que mettre les morceaux doubles. Toutes les fois que l'occasion s'en présentait, le bon Trégomain s'offrait à ses coups de boutoir, avec l'espérance de provoquer une détente, d'amener un soulagement chez son ami, qui l'envoyait au diable. En somme, il y eut lieu de craindre qu'il tombât malade. Son unique occupation était d'arpenter quotidiennement la cour de la gare à l'arrivée des trains, les quais du Sillon à l'arrivée des paquebots, cherchant à dévisager parmi les débarqués quelque figure exotique pouvant être attribuée à l'envoyé de Kamylk-Pacha, un Égyptien, sans doute, peut-être un Arménien, enfin un personnage étranger, reconnaissable à son type, à son accent, à son costume, et qui demanderait à un commissionnaire l'adresse de Pierre-Servan-Malo Antifer...

Rien!... non! rien de ce genre! Des Nor-

mands, des Bretons, puis des Anglais ou des
Norvégiens tant qu'on en voulait... Mais un
voyageur venu de l'Europe orientale, un Mal-
tais, un Levantin, il y fallait renoncer.

Le 9 de ce mois de février, après son déjeuner pendant lequel il n'avait pas desserré
les lèvres, — si ce n'est pour boire et manger,
— maître Antifer se livrait à sa promenade
habituelle, la promenade de Diogène qui cherchait un homme. S'il ne portait pas une lan-
terne allumée en plein jour, à l'exemple du
plus grand philosophe de l'antiquité, il avait
deux bons yeux à prunelle incandescente, qui
lui permettraient de reconnaître, et de loin,
celui qu'il attendait avec tant d'impatience.

Il prit à travers les étroites rues de la ville,
bordées de leurs hautes maisons de granit,
pavées de galets aigus. Il descendit par la rue
du Bey vers le square Duguay-Trouin, regarda
l'heure au cadran de la sous-préfecture, se dirigea vers la place Chateaubriand, contourna
le kiosque sous son berceau de platanes sans
feuillage, franchit la porte évidée à travers
la courtine du rempart, et se trouva sur le quai
du Sillon.

Maître Antifer regardait à droite, à gauche,

devant lui, derrière lui, fumant sa pipe dont il aspirait les vapeurs par bouffées violentes et précipitées. On le saluait de ci de là, car c'était un des notables de la ville de Saint-Malo, un homme estimé et considéré. Mais que de saluts il ne rendit point, ne s'apercevant même pas qu'ils lui fussent adressés! Effet de l'obsession, — et de la distraction, qui en est la conséquence.

Dans le port, nombre de navires, des voiliers et des steamers, des trois-mâts, des bricks, des goélettes, des lougres et des chasse-marées. La mer étant basse alors, il s'en fallait de deux ou trois heures que les bâtiments, signalés au large par le sémaphore, pussent entrer.

Maître Antifer pensa donc que le plus sage serait de gagner la gare, afin d'y attendre l'arrivée de l'express. Serait-il plus favorisé ce jour-là qu'il ne l'avait été depuis tant de semaines?

Ce que c'est que de nous, et combien la machine humaine, si fragile, est portée à faire fausse route! Maître Antifer, occupé à regarder les passants, ne s'apercevait pas qu'il était suivi, depuis une vingtaine de minutes, par un quidam véritablement digne d'attirer son attention.

C'était un étranger, — un étranger coiffé d'un fez rougeâtre à gland noir, enveloppé d'une longue lévite fermée jusqu'au col d'un seul rang de boutons, vêtu d'un pantalon bouffant qui tombait sur de larges souliers en forme de babouches. Pas jeune, ce type!... de soixante à soixante-cinq ans, un peu courbé, et tenant ses longues mains osseuses étalées sur sa poitrine. Que ce bonhomme-là fût ou non le Levantin attendu, il n'était pas douteux qu'il vînt des pays que baigne la Méditerranée orientale, un Égyptien, un Arménien, un Syriaque, un Ottoman...

Bref, l'étranger suivait maître Antifer d'un pas hésitant, tantôt sur le point de l'accoster, tantôt s'arrêtant par crainte de commettre une erreur. Enfin, à l'angle du quai, il hâta sa marche, devança le Malouin, se retourna et revint si précipitamment sur ses pas que les deux masses se heurtèrent.

« Diable soit du maladroit!... » s'écria maître Antifer, ébranlé par la collision.

Puis, se frottant les yeux, abritant son regard sous sa main tendue à la hauteur du front, voici que ces mots lui partent de la bouche, comme des balles de revolver :

« Hein?... Ah!... Oh?... Lui?... Serait-ce?... Pour sûr, c'est l'envoyé du double K... »

Si c'était ledit envoyé, il faut convenir qu'il ne payait pas de mine, avec sa face glabre, ses joues plissées, son nez pointu, ses oreilles écartées, ses lèvres minces, son menton de galoche, ses yeux fuyants, son teint de vieux citron trop mûr — enfin une physionomie qui n'inspirait pas précisément la confiance, tant cette figure chafouine reflétait d'astuce.

« N'ai-je pas l'honneur de m'adresser à monsieur Antifer, ainsi qu'un obligeant matelot vient de me le dire? » fut-il baragouiné en un français déplorable, dont il vaut mieux épargner les abominations au lecteur, — langage en somme très compréhensible, même pour un Breton.

« Antifer Pierre-Servan-Malo! fut-il répondu. Et vous?...

— Ben-Omar...

— Un Égyptien?...

— Notaire à Alexandrie, et présentement descendu à l'*Hôtel de l'Union*, rue de la Poissonnerie. »

Un notaire à cachet rouge! Évidemment, en ces pays orientaux, les notaires ne peuvent avoir ce type *sui generis* habituel au tabellion français, cravaté de blanc, habillé de noir, orné de lunettes d'or. C'est déjà fort étonnant qu'il se rencontre des garde-notes officiels chez les sujets des Pharaons.

Maître Antifer ne mit pas en doute qu'il eût devant lui le messager mystérieux, le porteur de la fameuse longitude, le Messie annoncé depuis vingt ans par la lettre de Kamylk-Pacha. Toutefois, au lieu de s'emballer comme on aurait pu le craindre, au lieu de presser ce Ben-Omar de questions, il eut assez d'empire sur lui-même pour le laisser venir, tant la duplicité empreinte sur ce visage de momie vivante engageait à la circonspection. Jamais Gildas Trégomain n'aurait pu croire son bouillant ami capable d'une telle prudence.

« Eh bien, que me voulez-vous, monsieur Ben-Omar? dit-il, en observant l'Égyptien qui se tortillait d'un air embarrassé.

— Un moment d'entretien, monsieur Antifer.

— Tenez-vous à ce qu'il ait lieu chez moi?...

7

— Non... et il est préférable que ce soit en un endroit où personne ne puisse nous entendre.

— Il s'agit donc d'un secret ?...

— Oui et non... ou plutôt d'un marché... »

Maître Antifer tressaillit à ce mot. Décidément, si ce particulier lui apportait sa longitude, il ne semblait pas qu'il voulût la lui livrer gratis. Et pourtant, la lettre signée du double K ne parlait pas d'un marché.

« Attention à la barre, se dit-il, et ne laissons pas prendre l'avantage du vent ! »

Puis, s'adressant à son interlocuteur, et lui montrant un coin désert à l'extrémité du port :

« Venez là, dit-il. Nous y serons aussi seuls qu'il convient pour causer de choses secrètes. Mais dépêchons, car il fait un froid sec qui vous coupe la figure ! »

Il n'y avait qu'une vingtaine de pas à faire. Personne sur les bateaux amarrés aux quais. Le douanier de faction se promenait à une demi-encablure de là.

En un instant, tous deux eurent atteint l'angle désert et s'assirent sur un bout de mâture.

« L'endroit vous va-t-il, monsieur Ben-Omar? demanda Pierre-Servan-Malo.

— Bien... oh! très bien !

— Et maintenant, parlez, mais parlez clair, en bon langage, et non pas à la façon de vos sphinx, qui s'amusent à poser des rébus au pauvre monde.

— Il n'y aura pas de réticences, monsieur Antifer, et je parlerai franchement, » répondit Ben-Omar, d'un ton qui ne semblait guère être celui de la franchise.

Il toussa deux ou trois fois, et dit :

« Vous avez eu un père ?...

— Oui... comme c'est l'habitude dans notre pays. Après ?...

— J'ai entendu dire qu'il était mort ?...

— Mort depuis huit ans. Après ?...

— Il avait navigué ?...

— C'est à croire, puisqu'il était marin. Après ?...

— Dans quelles mers ?...

— Dans toutes. Après ?...

— Ainsi... il lui est arrivé d'aller dans le Levant ?...

— Dans le Levant comme dans le Couchant! Après ?. .

— Durant ses voyages, reprit le notaire, à
qui ces réponses brèves ne permettaient pas
de saisir le joint, durant ses voyages, est-ce
qu'il ne s'est pas trouvé, il y a une soixantaine
d'années, sur les côtes de Syrie ?

— Peut-être oui… peut-être non. Après ?… »

Ces « après » arrivaient à Ben-Omar comme
des coups de coude dans les côtes, et sa figure
se décomposait en grimaces les plus invrai-
semblables.

« Louvoie, mon bonhomme, se disait maître
Antifer, louvoie tant qu'il te plaira. Si tu
comptes sur moi pour te piloter ! »

Le notaire comprit qu'il fallait aborder plus
directement la question.

« Avez-vous connaissance, dit-il, que votre
père ait eu l'occasion de rendre un service…
un immense service… à quelqu'un… précisément sur les côtes de Syrie ?…

— Aucunement. Après ?…

— Ah ! fit Ben-Omar, très étonné de la réponse. Et vous ne savez pas s'il a reçu une
lettre d'un certain Kamylk-Pacha ?

— Un pacha ?…

— Oui.

— A combien de queues ?. .

— Peu importe, monsieur Antifer. L'essentiel est de savoir si votre père a reçu une
lettre qui contenait des renseignements d'une
grande valeur...

— Je n'en sais rien. Après ?...

— N'avez-vous donc pas cherché dans ses
papiers ?... Il n'est pas possible que cette lettre
ait été détruite... Elle renfermait, je vous le
répète, une information d'une extrême importance...

— Pour vous, monsieur Ben-Omar ?...

— Pour vous aussi, monsieur Antifer, car...
enfin... c'est justement cette lettre que je suis
chargé de ravoir... et qui pourrait faire l'objet
d'un marché... »

En un instant, ceci apparut clairement à
l'esprit de Pierre-Servan-Malo : c'est que des
gens quelconques, dont Ben-Omar était le
mandataire, devaient posséder la longitude
qui lui manquait pour déterminer le gisement
des millions.

« Les gredins ! murmura-t-il. Ils veulent
me soutirer mon secret, m'acheter ma lettre...
puis aller déterrer ma cassette ! »

Et peut-être n'était-ce pas mal raisonner ?

A ce moment de leur entretien, maître Antifer et Ben-Omar entendirent les pas d'un homme qui, venant de ce côté, tournait l'angle du quai dans la direction de la gare. Ils se turent, ou du moins le notaire laissa en suspens une phrase commencée. On aurait même pu croire qu'il lançait un regard oblique audit passant, et faisait un signe de dénégation dont celui-ci parut très contrarié. En effet, un geste de dépit échappa à cet homme, et, pressant sa marche, il ne tarda pas à disparaître.

C'était un étranger, âgé de trente-trois ans, vêtu à l'égyptienne, teint bistré, œil noir et fulgurant, taille au-dessus de la moyenne, structure vigoureuse, air déterminé, physionomie peu engageante et même farouche. Le notaire et lui se connaissaient-ils donc? c'était possible. Voulaient-ils, en ce moment, feindre de ne pas se connaître? c'était certain.

Quoi qu'il en soit, maître Antifer ne remarqua point ce manège. — un regard et un geste, rien de plus, — et il reprit l'entretien.

« Maintenant, monsieur Ben-Omar, dit-il, voulez-vous m'expliquer pourquoi vous tenez tant à posséder cette lettre, à savoir ce qu'elle renfermait, et cela au point de vouloir me l'acheter, si je l'avais eue ?...

— Monsieur Antifer, répondit le notaire d'un ton assez embarrassé, j'ai compté un certain Kamylk-Pacha parmi mes clients. Chargé de ses intérêts...

— Vous avez compté, dites-vous?...

— Oui... et comme mandataire de ses héritiers...

— Ses héritiers? s'écria maître Antifer avec un mouvement de surprise, qui ne laissa pas d'étonner le notaire. Il est donc mort?...

— Il est mort.

— Attention! murmura Pierre-Servan-Malo, faisant grincer son caillou entre ses dents. Kamylk-Pacha est mort... Voilà qui est bon à retenir, et s'il se machine quelque chose...

— Ainsi, monsieur Antifer, demanda Ben-Omar, en glissant un regard en coulisse, vous n'avez pas cette lettre?...

— Non.

— C'est dommage, car les héritiers de Kamylk-Pacha, qui désirent rassembler tout ce qui peut leur rappeler le souvenir de leur bien-aimé parent...

— Ah! c'est pour le souvenir?... Les excellents cœurs!...

— Uniquement, monsieur Antifer, et ces excellents cœurs, comme vous dites, n'auraient pas hésité à vous offrir une somme convenable, afin de rentrer en possession de cette lettre...

— Combien m'en auraient-ils donné ?...

— Qu'importe... puisque vous ne l'avez pas ?

— Dites toujours...

— Oh !... quelques centaines de francs...

— Peuh !... fit maître Antifer.

— Peut-être même quelques milliers...

— Eh bien ! fit maître Antifer, qui, à bout de patience, saisit Ben-Omar par le cou, l'attira jusqu'à lui et lui coula ces mots dans l'oreille, non sans réprimer une violente envie de le mordre, eh bien... je l'ai, votre lettre !

— Vous l'avez ?...

— Votre lettre paraphée d'un double K !

— Oui... le double K !... C'est ainsi que mon client signait !

— Je l'ai... je l'ai lue et relue... Et je sais, ou plutôt je devine pourquoi vous tenez tant à la posséder !...

— Monsieur...

— Et vous ne l'aurez pas !

— Vous refuseriez ?...

— Oui, vieil Omar, à moins que vous ne
me l'achetiez...

— Combien?... demanda le notaire, qui mit
la main à la poche pour en tirer sa bourse.

— Combien ?...   Cinquante   millions   de
francs ! »

Quel bond fit Ben-Omar, tandis que maître
Antifer, la bouche ouverte, les lèvres retrous-
sées, toutes ses dents dehors, le regardait
comme il n'avait jamais été regardé sans aucun doute.

Puis, d'un ton sec, un ton de commandement maritime :

« C'est à prendre ou à laisser, ajouta-t-il.

— Cinquante millions ! répétait le notaire
d'une voix hébétée.

— Ne marchandez pas, monsieur Ben-
Omar... Vous n'obtiendriez pas cinquante
centimes de rabais !

— Cinquante millions ?...

— Ça les vaut... et comptant... or ou
billets... ou un chèque sur la Banque de
France. »

Le notaire, un instant abasourdi, reprit peu
à peu son sang-froid. Nul doute que ce damné
marin sût de quelle importance devait être

7.

cette lettre pour les héritiers de Kamylk-Pacha... En effet, ne contenait-elle pas les renseignements nécessaires à la recherche du trésor? La manœuvre, opérée dans le but d'en prendre possession, se trouvait donc déjouée. Le Malouin était sur ses gardes. Il faudrait en venir à lui acheter cette lettre, c'est-à-dire cette latitude que compléterait la longitude dont Ben-Omar était le dépositaire.

Mais, pourra-t-on se demander, comment Ben-Omar savait-il que maître Antifer fût détenteur de cette lettre? Est-ce que, lui, ancien notaire du riche Égyptien, était le messager chargé, en exécution des dernières volontés de Kamylk-Pacha, d'apporter la longitude annoncée?... C'est ce que l'on ne tardera pas à savoir.

Dans tous les cas, à quelque mobile qu'obéît Ben-Omar, qu'il agît ou non à l'instigation des héritiers naturels du défunt, il comprenait bien que la lettre ne pourrait plus être rendue qu'à prix d'or. Mais cinquante millions...

Aussi, prenant un air doucereux et finaud:

« Vous avez dit cinquante millions, je crois, monsieur Antifer?

— Je l'ai dit.

— Eh! c'est une des choses les plus plaisantes que j'aie entendues de ma vie...

— Monsieur Ben-Omar, voulez-vous entendre, maintenant, une autre chose plus plai-
sante encore ?...

— Volontiers.

— Eh bien, vous êtes un vieux filou, un
vieux coquin d'Égypte, un vieux crocodile du
Nil...

— Monsieur...

— Soit !... je m'arrête !... Un vieux lou-
voyeur en eau trouble, qui avez voulu m'arracher mon secret, au lieu de me dire le
vôtre... celui que vous aviez vraisemblable-
ment mission de me communiquer...

— Vous supposeriez ?...

— Je suppose ce qui est !

— Non... ce qu'il vous plaît d'imaginer...

— Assez, abominable fripon !

— Monsieur...

— Je retire abominable, par déférence ! Et
voulez-vous que je vous dise ce qui vous tient
au cœur dans ma lettre ?... »

Le notaire put-il croire que Pierre-Servan-
Malo allait se livrer en achevant cette phrase ?
Le fait est que ses deux petits yeux s'allu-
mèrent comme des escarboucles.

Non! le Malouin, tout emballé qu'il fût, et bien que la colère eût visiblement empourpré sa face, n'en resta pas moins sur la réserve en disant :

« Oui... ce qui vous tient au cœur, vieil Omar que vous êtes et dont on ne voudrait pas, même « à l'américaine », ce ne sont point les phrases qu'elle renferme, cette lettre, et qui rappellent les services rendus par mon père au signataire du double K. Non! ce sont les quatre chiffres... vous m'entendez bien, les quatre chiffres...

— Les quatre chiffres ?... murmura Ben-Omar.

— Oui... les quatre chiffres qu'elle contient, et que je ne vous livrerai qu'au prix de douze millions et demi chacun! Là-dessus, assez causé!... Bonsoir... »

Après avoir fourré ses mains dans ses poches, maître Antifer fit quelques pas en sifflant son air favori, dont personne, pas même lui, ne connaissait l'origine, et qui rappelait plutôt les aboiements d'un chien perdu que les mélodies d'Auber.

Ben-Omar, pétrifié, semblait avoir pris racine sur place, comme un dieu terme ou une

borne milliaire. Lui qui avait compté rouler
sans peine cette espèce de matelot comme un
simple fellah, — et Mahomet sait s'il en avait
exploité de ces malheureux paysans que leur
mauvaise fortune conduisait à son étude, l'une
des meilleures d'Alexandrie !

Il regardait d'un œil hagard, inconscient, le
Malouin s'éloigner de son pied pesant, tanguant sur les hanches, haussant les épaules,
tantôt l'une tantôt l'autre, gesticulant comme
si son ami Trégomain eût été là, en train de
recevoir un de ses abatages habituels.

Soudain, maître Antifer s'arrêta brusquement. Avait-il rencontré un obstacle ? Oui !...
Cet obstacle, c'était une idée qui venait de
lui traverser le cerveau. Il s'agissait d'un
oubli, facile à réparer en quelques mots.

Il revint alors vers le notaire, non moins
immobile que la charmante Daphné, lorsqu'elle
se transforma en laurier, au vif désappointement d'Apollon.

« Monsieur Ben-Omar ? dit-il.

— Que voulez-vous ?

— Il y a une chose que j'ai omis de vous
glisser dans le tuyau de l'oreille ?

— Laquelle ?...

— C'est le numéro...

— Ah! le numéro?... répartit Ben-Omar.

— Le numéro de ma maison... 3, rue des Hautes-Salles... Il est bon que vous sachiez mon adresse, et soyez sûr que vous serez amicalement reçu le jour où vous viendrez...

— Où je viendrai?...

— Avec les cinquante millions en poche! »

Et, cette fois, maître Antifer se remit en marche, tandis que le notaire s'affaissait, en implorant Allah et son prophète.

VII

Dans lequel un principal clerc, d'humeur peu endurante,
s'impose à Ben-Omar sous le nom de Nazim.

Pendant la nuit du 9 février, les voyageurs
de l'*Hôtel de l'Union*, logés dans les apparte-
ments du côté de la place Jacques-Cœur, auraient couru le risque d'être troublés au plus
profond de leur sommeil, si la porte de la
chambre 17 n'eût été hermétiquement close et
drapée d'un épais rideau, qui empêchait les
bruits du dedans de se propager au dehors.

En effet, deux hommes, ou tout au moins,
l'un deux se laissait aller à des éclats de voix,
à des récriminations, à des menaces, qui té-
moignaient d'une irritation portée à l'extrême.
L'autre s'appliquait à le calmer, mais n'y réus-
sissait guère avec ses supplications engen-
drées par la peur.

Il est d'ailleurs fort probable que personne n'eût rien compris à cette orageuse conversation, car elle se tenait en langue turque, peu familière aux natifs de l'Occident. De temps en temps, il est vrai, quelques locutions françaises s'y mêlaient, indiquant que les deux interlocuteurs n'eussent pas été gênés de s'exprimer en cette noble langue.

Un bon feu de bois flambait au fond de la cheminée, et une lampe, posée sur un guéridon, éclairait certains papiers à demi cachés sous les plis d'un portefeuille à fermoir, défraichi par l'usage.

L'un de ces personnages était Ben-Omar. La figure déconfite, les yeux baissés, il regardait les flammes de l'âtre, moins ardentes à coup sûr que celles dont s'étoilait la prunelle étincelante de son compagnon.

Celui-ci était ce personnage exotique, de physionomie farouche, d'allure inquiétante, auquel le notaire avait fait un signe imperceptible, au moment où maître Antifer et lui causaient à l'extrémité du port.

Et cet homme répétait pour la vingtième fois :

« Ainsi, tu as échoué ?...

— Oui, Excellence, et Allah m'est témoin...

— Je n'ai que faire du témoignage d'Allah
ni de personne ! Il y a un fait... tu n'as pas
réussi ?...

— A mon grand regret.

— Ce Malouin, que le diable brûle... (ceci
fut dit en français) a refusé de te donner la
lettre ?...

— Il a refusé !

— Et de te la vendre ?...

— La vendre ?... Il y consentait...

— Et tu ne l'as pas achetée, maladroit ?... Et elle n'est pas en ta possession ?... Et tu te représentes ici sans me l'apporter ?...

— Savez-vous ce qu'il en demandait, Excellence ?

— Eh ! qu'importe ?...

— Cinquante millions de francs !

— Cinquante millions... »

Et les jurons s'échappèrent de la bouche de l'Égyptien, comme les boulets d'une frégate qui fait feu de tribord et de bâbord. Puis, pendant qu'il rechargeait ses canons :

« Ainsi, notaire imbécile, ce marin sait de quelle importance peut être pour lui cette affaire ?...

— Il doit s'en douter.

— Que Mahomet l'étrangle... et toi aussi ! s'écria l'irascible personnage, en arpentant la chambre à pas précipités. Ou plutôt, c'est moi qui me chargerai de ce soin en ce qui te concerne, car je te rends responsable de tous les malheurs qui arriveront...

— Ce n'est pourtant point ma faute, Excel-

lence!... Je n'étais pas dans les secrets de Kamylk-Pacha...

— Tu aurais dû les connaître, les lui arracher
de son vivant, puisque tu étais son notaire !... »

Et les sabords vomirent de nouveau toute
une double décharge de jurons.

Ce terrible personnage n'était autre que
Saouk, le fils de Mourad, ce cousin de Kamylk-
Pacha. Il avait alors trente-trois ans. Son père
mort, se trouvant le seul héritier direct de son
riche parent, il en eût hérité l'énorme fortune,
si cette fortune n'avait été mise à l'abri de sa
convoitise. On sait pourquoi, et dans quelles
conditions.

Voici, du reste — très sommairement —
les événements qui s'étaient accomplis, depuis que Kamylk-Pacha avait quitté Alep,
emportant ses trésors, afin de les déposer
dans les entrailles de quelque îlot inconnu.

A quelque temps de là, en octobre 1831,
Ibrahim, suivi de vingt-deux navires de guerre,
portant trente mille hommes, avait pris Gazza,
Jaffa, Caiffa, et Saint-Jean d'Acre était tombé
entre ses mains l'année suivante, le 27 mars
1832.

Il semblait donc que ces territoires de la

Palestine et de la Syrie allaient être définitivement arrachés à la Sublime-Porte, lorsque
l'intervention des puissances européennes arrêta le fils de Méhémet-Ali sur cette route de
conquêtes. En 1833, le traité de Kataye fut imposé aux deux adversaires, le sultan et le
vice-roi, et les choses restèrent en état.

Heureusement pour sa sécurité, pendant
cette période si troublée, Kamylk-Pacha,
ayant mis ses richesses à l'abri dans cette
fosse scellée de son double K, avait continué
ses voyages. Où le conduisit son brick-goélette sous le commandement du capitaine
Zô ?... En quels parages lointains ou rappro-
chés des continents alla-t-il parcourir les
mers ?... Visita-t-il l'extrême Asie et l'extrême
Europe ?... Nul n'aurait pu le dire sauf son
capitaine ou lui, car, on le sait, personne de
l'équipage ne descendait jamais à terre, et les
matelots ignoraient absolument en quelles
régions de l'Occident ou de l'Orient, du Midi
ou du Septentrion, la fantaisie de leur maître
les avait transportés.

Mais, après ces pérégrinations multiples,
Kamylk-Pacha commit l'imprudence de revenir vers les Échelles du Levant. Le traité de

Kataye ayant suspendu les ambitieuses mar- ches d'Ibrahim, la partie nord de la Syrie s'étant soumise au sultan, le riche Égyptien pouvait croire que son retour à Alep ne devait plus offrir aucun danger.

Or, le malheur voulut que, au milieu de l'an- née 1834, son bâtiment fût poussé par le mau- vais temps jusque dans les eaux de Saint-Jean d'Acre. La flotte d'Ibrahim, toujours sur l'of- ensive, croisait le long du littoral, et, préci- sément, Mourad, investi de fonctions officielles par Méhémet-Ali, se trouvait à bord de l'un des navires de guerre.

Le brick-goélette portait les couleurs otto- manes à sa corne. Savait-on qu'il appartînt à Kamylk-Pacha ? peu importe. Quoi qu'il en soit, il fut chassé, accosté, enlevé à l'abordage, non sans s'être courageusement défendu, — ce qui amena le massacre de l'équipage, la destruction du navire, la capture de son pro- priétaire et de son capitaine.

Kamylk-Pacha ne tarda pas à être reconnu par Mourad. C'était sa liberté à jamais perdue. Quelques semaines plus tard, le capitaine Zô et lui, secrètement conduits en Égypte, furent enfermés dans la forteresse du Caire.

D'ailleurs, si Kamylk-Pacha se fût réinstallé dans sa maison d'Alep, il est probable qu'il n'y aurait point retrouvé la sécurité sur laquelle il comptait. La portion de la Syrie, dépendant de l'administration égyptienne, pliait sous un joug odieux. Cela dura jusqu'en 1839, et les excès des agents d'Ibrahim furent tels que le sultan retira les concessions auxquelles il avait dû se résigner. De là, nouvelle campagne de Méhémet-Ali, dont les troupes remportèrent la victoire de Nezib. De là, craintes de Mahmoud menacé jusque dans la capitale de la Turquie d'Europe. De là, enfin, suprême intervention de l'Angleterre, de la Prusse, de l'Autriche, d'accord avec la Porte, et qui arrêta le vainqueur en lui assurant la possession héréditaire de l'Égypte, le gouvernement à vie de la Syrie depuis la mer Rouge jusqu'au nord du lac de Tibériade, et de la Méditerranée jusqu'au Jourdain, soit toute la Palestine en deçà de ce fleuve.

Il est vrai, le vice-roi, enivré de ses victoires, croyant à l'invincibilité de ses soldats, peut-être encouragé par la diplomatie française sous l'inspiration de M. Thiers, refusa l'offre des puissances alliées. Leurs flottes

agirent alors. Le commodore Napier s'empara
de Beyrouth en septembre 1840, malgré la
défense du colonel Selves devenu Soleyman-
Pacha. Sidon se rendit le 25 du même mois.
Saint-Jean d'Acre, bombardé, capitula après
la terrible explosion de sa poudrière. Méhémet-Ali dut céder. Il fit revenir en Égypte
son fils Ibrahim, et la Syrie tout entière ren-
tra sous la domination du sultan Mahmoud.

Kamylk-Pacha s'était donc trop hâté de regagner son pays de prédilection, — celui où il
pensait pouvoir tranquillement achever une
existence si troublée. Il comptait y rapporter
ses trésors, en employer une partie à payer
ses dettes de reconnaissance, — dettes sans
doute oubliées de ceux qui lui avaient rendu
service... Et, au lieu d'Alep, c'était au Caire
qu'on l'avait jeté dans cette prison où sa vie
était à la merci d'ennemis sans pitié.

Kamylk-Pacha comprit qu'il était perdu.
L'idée de racheter sa liberté au prix de sa
fortune ne lui vint même pas, — ou plutôt,
telle était l'énergie de son caractère, son
indomptable volonté de ne rien abandonner
de ses richesses ni au vice-roi, ni à Mourad, qu'il se retrancha dans une obstination

que peut seul expliquer le fatalisme ottoman.

Cependant elles furent très dures, les années qu'il passa dans cette prison du Caire, toujours au secret, séparé du capitaine Zô, dont la discrétion lui était assurée. Toutefois, huit ans après, en 1842, grâce à la complaisance d'un gardien, il put faire parvenir plusieurs lettres adressées aux quelques personnes envers lesquelles il voulait s'acquitter, — une, entre autres, à Thomas Antifer de Saint-Malo. Un pli, contenant ses dispositions testamentaires, arriva également entre les mains de Ben-Omar, qui avait été autrefois son notaire à Alexandrie.

Trois ans plus tard, en 1845, le capitaine Zô étant mort, Kamylk-Pacha restait le seul à connaître le gisement de l'îlot au trésor. Mais sa santé déclinait visiblement, et la rigueur de sa captivité devait abréger une existence qui aurait compté de longues années encore, si elle n'eût été enfermée entre les murs d'une prison. Enfin, l'an 1852, après dix-huit années d'incarcération, oublié de ceux qui l'avaient connu, il mourut à l'âge de soixante-douze ans, sans que ni menaces ni mauvais traitements eussent pu lui arracher son secret.

L'année suivante, son indigne cousin le suivait dans la tombe, n'ayant pas joui de ces immenses richesses qu'il convoitait et qui l'avaient poussé à de si criminelles machinations.

Mais Mourad laissait un fils, — ce Saouk, dans lequel se retrouvait tous les mauvais instincts de son père. Bien qu'il ne fût alors âgé que de vingt-trois ans, il avait toujours vécu d'une existence violente et farouche, mêlé aux bandits politiques et autres qui fourmillaient alors en Égypte. Unique héritier de Kamylk-Pacha, c'était à lui que serait revenu cet héritage, si celui-ci n'eût réussi à le soustraire à son avidité. Aussi, son emportement, sa fureur ne connurent-ils pas de bornes, lorsque la mort de Kamylk-Pacha eut fait disparaître, — il le croyait du moins, — l'unique dépositaire du secret de cette immense fortune.

Dix ans s'écoulèrent, et Saouk avait renoncé à jamais savoir ce qu'était devenu l'héritage en question.

Que l'on juge donc de l'effet que produisit une nouvelle, tombant au milieu de son aventureuse existence, — une nouvelle qui allait le lancer en tant d'inattendues aventures !

8

Dans les premiers jours de l'année 1862, Saouk reçut une lettre l'invitant à se rendre immédiatement à l'étude du notaire Ben-Omar, pour affaire importante.

Saouk connaissait ce notaire, craintif à l'excès, poltron fieffé, sur lequel un caractère déterminé comme le sien devait avoir toute prise. Il se rendit donc à Alexandrie, et demanda assez brutalement à Ben-Omar pour quelle raison il s'était permis de le faire venir à son étude.

Ben-Omar reçut avec obséquiosité son client qu'il savait capable de tout, — même de l'étrangler en un tour de main. Il s'excusa de l'avoir dérangé, et lui dit d'une voix engageante :

« Mais n'est-ce pas au seul héritier de Kamylk-Pacha que j'ai cru m'adresser ?...

— En effet, seul héritier, s'écria Saouk, puisque je suis le fils de Mourad qui était son cousin...

— Êtes-vous sûr qu'il n'existe aucun autre parent que vous au degré successible ?...

— Aucun. Kamylk-Pacha n'avait pas d'autre héritier que moi. Seulement, où est l'héritage ?...

— Le voici... à la disposition de Votre Excellence ! »

Saouk saisit le pli cacheté que lui présentait le notaire.

« Que renferme ce pli ?... demanda-t-il.

— Le testament de Kamylk-Pacha.

— Et comment est-il entre tes mains ?...

— Il me l'a fait parvenir, quelques années après qu'il eut été renfermé dans la forteresse du Caire.

— A quelle époque ?...

— Il y a vingt ans.

— Vingt ans ! s'écria Saouk. Et il est mort depuis dix ans déjà... et tu as attendu...

— Lisez, Excellence. »

Saouk lut la suscription libellée sur le pli. Elle portait que ce testament ne pourrait être ouvert que dix ans après le décès du testateur.

« Kamylk-Pacha est mort en 1852, dit le notaire, nous sommes en 1862, et voilà pourquoi j'ai convié Votre Excellence...

— Maudit formaliste ! s'écria Saouk. Il y a dix ans que je devrais être en possession...

— Si c'est vous que Kamylk-Pacha a institué son héritier ?... fit observer le notaire.

— Si c'est moi?... Et qui serait-ce donc?... Je saurai bien... »

Et il allait briser les cachets du pli, lorsque Ben-Omar l'arrêta en disant :

« Dans votre intérêt, Excellence, mieux vaut que les choses soient faites régulièrement en présence de témoins... »

Et, ouvrant la porte, Ben-Omar présenta deux négociants du quartier qu'il avait priés de l'assister dans cette circonstance.

Ces deux notables purent constater que le pli était intact, et il fut ouvert.

Le testament ne comportait qu'une vingtaine de lignes en langue française, et dont voici la teneur :

« Je nomme pour mon exécuteur testamentaire Ben-Omar, notaire à Alexandrie, auquel un prélèvement d'un pour cent sera attribué sur ma fortune, consistant en or, diamants, pierres précieuses, dont la valeur peut être estimée à cent millions de francs. Au mois de septembre 1831, les trois barils contenant ce trésor ont été déposés dans une cavité creusée à la pointe méridionale d'un certain ilot. Cet ilot, il sera facile d'en retrouver le gisement

en combinant la longitude de cinquante-quatre
degrés cinquante-sept minutes à l'est du méridien de Paris avec une latitude secrètement
envoyée, en 1842, à Thomas Antifer, de Saint-
Malo, France. Ben-Omar devra en personne
porter cette longitude audit Thomas Antifer,
où, au cas qu'il serait décédé, en donner connaissance à son héritier le plus proche. Il lui
est en outre enjoint d'accompagner ledit héritier pendant les recherches qui aboutiront à la
découverte du trésor dont la place est à la base
d'une roche marquée du double K de mon nom.

« Donc, à l'exclusion de mon indigne cousin Mourad, de son fils Saouk, non moins indigne, Ben-Omar fera diligence pour se mettre
en rapport avec Thomas Antifer ou ses héritiers directs en se conformant aux indications
formelles qui seront recueillies ultérieurement
au cours des susdites recherches.

« Telle est ma volonté, et j'entends qu'elle
soit respectée dans toutes ses causes comme
dans tous ses effets...

« Ce 9 février 1842, écrit, à la prison du
Caire, de ma propre main.

« KAMYLK-PACHA. »

8.

Il est inutile d'insister sur l'accueil que
Saouk fit à ce testament singulier, et sur l'a-
gréable surprise éprouvée par Ben-Omar à
propos d'une commission de un pour cent, soit
un million, qui devait lui être attribuée après
la délivrance de l'héritage. Mais il fallait que
le trésor fût trouvé, et il ne pouvait l'être
qu'en déterminant le gisement de l'îlot où il
était enfoui, par le rapprochement de la longitude indiquée au testament et de la latitude
dont Thomas Antifer connaissait seul le
chiffre.

Bref, le plan de Saouk fut aussitôt arrêté,
et, sous le coup de terribles menaces, Ben-
Omar dut se faire son complice. Une information leur avait appris que Thomas Antifer était
mort en 1854, laissant un fils unique. Il s'agissait de se rendre auprès de ce fils, Pierre-
Servan-Malo, de manœuvrer habilement afin
de lui arracher le secret de cette latitude
envoyée à son père, et d'aller prendre possession de l'énorme héritage sur lequel Ben-
Omar aurait à prélever sa commission.

C'est ce que Saouk et le notaire avaient fait
sans perdre un jour. Après avoir quitté
Alexandrie, débarqué à Marseille, pris l'ex-

press de Paris, puis le train de Bretagne, ils étaient arrivés le matin même à Saint-Malo.

Ni Saouk ni Ben-Omar ne doutaient d'obtenir du Malouin la lettre dont il ne connaissait peut-être pas la valeur, et qui renfermait la précieuse latitude, — dussent-ils l'acheter au besoin.

On sait comment la tentative avait échoué.

Aussi ne peut-on s'étonner de l'irritation à laquelle était en proie Son Excellence, et comment, dans ses violences non moins effrayantes qu'injustifiées, il prétendait rendre Ben-Omar responsable de cet insuccès.

De là, cette scène bruyante, heureusement inentendue, dans cette chambre de l'hôtel, et d'où l'infortuné notaire se disait qu'il ne sortirait pas vivant...

« Oui ! répétait Saouk, c'est ta maladresse qui est cause de tout le mal !... Tu n'as pas su manœuvrer !... Tu t'es laissé jouer par un méchant matelot, toi, un notaire !... Mais n'oublie pas ce que je t'ai dit !... Malheur à toi, si les millions de Kamylk m'échappent !...

— Je vous jure, Excellence...

— Et moi, je te jure que si je n'arrive pas à mes fins, tu me le paieras... et d'un bon prix ! »

Et Ben-Omar ne savait que trop si Saouk était homme à tenir son serment!

« Vous croyez peut-être, Excellence, dit-il alors en essayant de l'attendrir, que ce marin n'est qu'un pauvre diable, un de ces misérables fellahs, faciles à tromper ou à effrayer...

— Peu m'importe!

— Non!... C'est un homme violent, terrible... qui ne veut rien entendre... »

Il aurait pu ajouter : « un homme dans votre genre », mais il se garda de compléter ainsi sa phrase, et pour cause.

« Je pense donc, reprit-il, qu'il faudra se résigner... »

A peine osa-t-il achever sa pensée.

« Se résigner! s'écria Saouk en frappant sur la table d'un coup qui fit tressauter la lampe dont le globe se brisa... se résigner à abandonner cent millions?...

— Non... non... Excellence, se hâta de répondre Ben-Omar. Se résigner... à faire connaître à ce Breton... la longitude que le testament m'ordonne de lui...

— Pour qu'il en profite, imbécile, et qu'il aille déterrer les millions! »

Au vrai, la fureur est mauvaise conseillère. Saouk, qui n'était dépourvu ni d'intelligence ni d'astuce, finit par le comprendre. Il se calma autant qu'il était en son pouvoir, et il réfléchit à la proposition, très sensée d'ailleurs, que venait d'émettre Ben-Omar.

Il était certain, étant donné le caractère du Malouin, qu'on n'obtiendrait rien de lui par la ruse et qu'il fallait procéder d'une manière plus habile.

Voici donc le plan qui fut arrêté entre Son Excellence et son très humble serviteur, — lequel ne pouvait se refuser à jouer le rôle d'un complice : retourner le lendemain chez maître Antifer, lui donner communication de la longitude de l'îlot, telle qu'elle était portée au testament, apprendre par là même quelle en était la latitude. Puis, ces deux formules obtenues, Saouk essaierait de devancer le légataire de manière à faire main basse sur le legs. Si c'était impossible, il trouverait le moyen d'accompagner maître Antifer pendant ses recherches, et il essaierait de s'emparer du trésor.

Si, hypothèse assez admissible, l'îlot était situé en quelques lointains parages, le plan

devait avoir chances de réussite et l'affaire
pourrait se terminer au profit de Saouk.

Et, lorsque cette résolution eut été définitivement adoptée, Saouk ajouta :

« Je compte sur toi, Ben-Omar, et je t'en-
gage à marcher droit... sinon...

— Excellence, vous pouvez être certain...
Mais vous me promettez que je toucherai ma
prime...

— Oui... puisque, d'après le testament,
cette prime t'est due... à la condition expresse
que tu ne quitteras pas maître Antifer d'un
instant pendant son voyage.

— Je ne le quitterai pas !

— Ni moi !... Je t'accompagnerai !

— Et en quelle qualité... sous quel nom ?...

— En qualité de principal clerc du notaire
Ben-Omar, et sous le nom de Nazim...

— Vous ?... »

Et ce « vous ! » jeté d'une voix désespérée,
indiquait bien tout ce que l'infortuné Ben-
Omar entrevoyait de violences et de misères
dans l'avenir !

VIII

Où l'on assiste à l'exécution
d'un quatuor sans musique, dans lequel Gildas Trégomain
consent à faire sa partie.

Lorsque maître Antifer fut arrivé devant la porte de sa maison, il l'ouvrit, entra dans la salle à manger, s'assit au coin de la cheminée, et se chauffa les pieds sans prononcer une parole.

Énogate et Juhel causaient près de la fenêtre; il ne remarqua même pas leur présence.

Nanon s'occupait du souper dans la cuisine : il ne demanda pas dix fois, suivant son habitude, si « ce serait bientôt prêt ? »

Pierre-Servan-Malo était évidemment absorbé. Sans doute, il ne lui convenait pas de raconter à sa sœur, à son neveu, à sa nièce ce qui était advenu de sa rencontre avec Ben-Omar, le notaire de Kamylk-Pacha.

Pendant le souper, maître Antifer, si loquace d'habitude, resta taciturne. Oubliant même de revenir à chacun des plats, il se contenta de prolonger son dessert, en avalant machinalement quelques douzaines de bigorneaux qu'il extrayait de leur coquille verdâtre au moyen d'une longue épingle à tête de cuivre.

A plusieurs reprises, Juhel lui adressa la parole : il ne répondit pas.

Énogate lui demanda ce qu'il avait : il ne sembla pas entendre.

« Voyons, frère, qu'as-tu?... dit Nanon, au moment où il se levait pour regagner sa chambre.

— Une dent de sagesse qui me pousse! » répondit-il.

Et chacun, en soi-même, de penser que ce n'était pas trop tôt, si cela pouvait le rendre sage sur ses vieux jours.

Puis, sans même allumer sa pipe qu'il aimait si volontiers à fumer soir et matin sur le rempart, il remonta l'escalier, n'ayant dit bonne nuit à personne.

« L'oncle est bien préoccupé! remarqua Énogate.

— Est-ce qu'il y aurait du nouveau? murmura Nanon en desservant la table.

— Peut-être faudra-t-il aller chercher monsieur Trégomain? » répliqua Juhel.

La vérité est que maître Antifer était plus obsédé, tourmenté, dévoré d'inquiétudes, qu'il ne l'avait jamais été depuis qu'il attendait l'indispensable messager. N'avait-il pas manqué de présence d'esprit, de finesse, dans son entretien avec Ben-Omar? Avait-il eu raison de se montrer aussi catégorique, de se raidir contre ce bonhomme, au lieu de l'amadouer, de disputer sur les points principaux de l'affaire, de chercher à transiger? Était-ce bien adroit de l'avoir traité de filou, de coquin, de crocodile, et autres qualifications intempestives? N'eût-il pas mieux valu, sans se montrer si soigneux de ses intérêts, négocier, temporiser au besoin, paraître disposé à livrer cette lettre, en feignant d'ignorer son importance, et n'en point demander cinquante millions dans un moment de colère? Certes, elle les valait, ce n'était pas douteux. Mais il eût été sage d'agir avec plus d'adresse. Et si le notaire,

9

par trop maltraité, refusait de s'exposer de nouveau à un pareil accueil? S'il bouclait ses malles, s'il quittait Saint-Malo, s'il s'en retournait à Alexandrie, que deviendrait la solution du problème? Maître Antifer irait-il courir après sa longitude jusqu'en Égypte?...

Aussi, en se couchant, s'administra-t-il une volée de coups de poing bien mérités. Il ne ferma pas l'œil de la nuit. Le lendemain, il avait pris la ferme résolution de changer ses amures, de se lancer sur les traces de Ben-Omar, de le dédommager par quelques bonnes paroles des brutalités de la veille, d'entrer en arrangement au prix de légères concessions...

Mais, comme il réfléchissait à tout cela, en s'habillant vers les huit heures du matin, voici que le gabarier poussa doucement la porte de la chambre.

Nanon l'avait envoyé chercher, et il était venu, l'excellent homme, s'offrir aux coups de son voisin.

« Qu'est-ce qui t'amène, patron?...

— C'est le flot, mon ami, répondit Gildas Trégomain, avec l'espoir que cette locution provoquerait le sourire de son interlocuteur.

— Le flot?... répliqua celui-ci d'un ton rude. Eh bien, moi, c'est le jusant qui va m'emmener et plus vite que ça !

— Tu te prépares à sortir?...

— Oui, — avec ou sans ta permission, gabarier.

— Où vas-tu?...

— Où il me convient d'aller.

— Pas ailleurs, c'est entendu ! Et tu ne veux pas me dire ce que tu as à faire?...

— Je vais essayer de réparer une sottise...

— Ou risquer de l'aggraver peut-être? »

Cette réponse, bien qu'elle eût été formulée en thèse générale, ne laissa pas d'inquiéter maître Antifer. Aussi se décida-t-il à mettre son ami au courant de la situation. Donc, tout en continuant sa toilette, il lui raconta sa rencontre avec Ben-Omar, les tentatives du notaire pour lui arracher sa latitude, et son offre, évidemment fantaisiste, de vendre cinquante millions la lettre de Kamylk-Pacha.

« Il a dû marchander, répondit Gildas Trégomain.

— Il n'en a pas même eu le temps, car je lui ai tourné le dos, — en quoi j'ai eu tort.

— C'est mon avis. Ainsi ce notaire est venu

exprès à Saint-Malo pour essayer de te soutirer cette lettre?...

— Tout exprès, au lieu de s'acquitter de la
communication dont il est chargé pour moi.
Ce Ben-Omar est le messager annoncé par
Kamylk-Pacha et attendu depuis vingt ans...

— Ah çà! c'est donc sérieux, cette affaire-
là? » ne put s'empêcher de dire Gildas Trégomain.

Cette observation lui valut un si terrible regard, et Pierre-Servan-Malo lui détacha une
si méprisante épithète qu'il baissa les yeux et
fit tourner ses pouces, après avoir joint les
mains sur la vaste rotondité de son abdomen.

En un instant, maître Antifer eut fini de
s'habiller, et il prenait son chapeau, lorsque
la porte de la chambre s'ouvrit de nouveau.

Nanon parut.

« Qu'y a-t-il encore?... lui demanda son
frère.

— Il y a un étranger qui est en bas... Il désire te parler.

— Son nom?...

— Le voici. »

Et Nanon remit une carte sur laquelle

étaient gravés ces mots : *Ben-Omar, notaire à Alexandrie.*

« Lui ! s'écria maître Antifer.

— Qui ?... demanda Gildas Trégomain.

— L'Omar en question... Ah ! j'aime mieux cela !... Puisqu'il revient, c'est bon signe !... Fais-le monter, Nanon.

— Mais il n'est pas seul...

— Il n'est pas seul ?... s'écria maître Antifer. Et qui donc est avec lui ?...

— Un homme plus jeune... que je ne connais pas... et qui a aussi l'air d'un étranger...

— Ah ! ils sont deux ?... Eh bien, nous serons deux pour les recevoir !... Reste avec moi, gabarier !

— Quoi... tu veux ?... »

Un geste impérieux cloua à sa place le digne voisin. Un autre geste indiqua à Nanon qu'elle eût à faire monter les visiteurs.

Une minute après, ceux-ci étaient introduits dans la chambre, dont la porte fut soigneusement refermée. Si les secrets qui allaient être dévoilés s'en échappaient, c'est qu'ils auraient passé par le trou de la serrure.

« Ah ! c'est vous, monsieur Ben-Omar ? dit maître Antifer d'un ton dégagé et hautain qu'il n'aurait pas pris, sans doute, si c'eût été de lui que fussent venues les premières avances en se présentant à l'*Hôtel de l'Union*.

— Moi-même, monsieur Antifer.

— Et la personne qui vous accompagne?...

— C'est mon principal clerc. »

Maître Antifer et Saouk, qui fut présenté sous le nom de Nazim, échangèrent un regard assez indifférent.

« Votre clerc est au courant?... demanda le Malouin.

— Au courant, et son assistance m'est indispensable dans toute cette affaire.

— Soit, monsieur Ben-Omar. — Me direz-vous à quel propos j'ai l'honneur de votre visite?

— Un nouvel entretien que je désire avoir avec vous, monsieur Antifer... avec vous seul, ajouta-t-il en jetant un regard oblique sur Gildas Trégomain, dont les pouces accomplissaient toujours leur innocente rotation.

— Gildas Trégomain, mon ami, répondit maître Antifer, ex-patron de la gabare la *Charmante-Amélie*, qui, lui aussi, est au courant de cette affaire, et dont l'assistance est non moins indispensable que celle de votre clerc Nazim... »

C'était la réplique du Trégomain au Saouk. Ben-Omar ne pouvait y opposer aucune objection.

Aussitôt, les quatre personnages s'assirent autour de la table, sur laquelle le notaire déposa son portefeuille. Puis, un certain silence régna dans la chambre en attendant qu'il plût à l'un ou à l'autre de prendre la parole.

Ce fut maître Antifer qui rompit enfin ce silence en s'adressant à Ben-Omar :

« Votre clerc parle le français, je suppose ?

— Non, répondit le notaire.

— Il le comprend, du moins ?...

— Pas davantage. »

Cela avait été convenu entre Saouk et Ben-Omar, avec l'espoir que le Malouin, n'ayant pas à craindre d'être compris du faux Nazim, laisserait peut-être échapper quelques paroles dont il y aurait lieu de profiter.

« Et maintenant, allez-y, monsieur Ben-Omar, dit négligemment maître Antifer. Votre intention est-elle de reprendre l'entretien au point où nous l'avons interrompu hier ?

— Sans doute.

— Alors vous m'apportez les cinquante millions...

— Soyons sérieux, monsieur...

— Oui, soyons sérieux, monsieur Ben-Omar. Mon ami Trégomain n'est pas de ces gens qui consentent à perdre du temps en plaisanteries inutiles. N'est-il pas vrai, Trégomain ? »

Jamais le gabarier n'avait eu une contenance plus grave, un maintien plus composé, et, lorsqu'il enveloppa son appendice nasal sous les plis de son pavillon, — nous voulons dire son mouchoir, — jamais il n'en tira des éclats plus magistraux.

« Monsieur Ben-Omar, reprit maître Antifer, en affectant de parler de ce ton sec dont ses lèvres n'avaient guère l'habitude, je crains qu'il n'y ait eu entre nous un malentendu... Il convient de le dissiper, ou nous n'arriverons à rien de bon. Vous savez qui je suis, et je sais qui vous êtes.

— Un notaire...

— Un notaire, qui est aussi un envoyé de défunt Kamylk-Pacha, et dont ma famille attend l'arrivée depuis vingt ans.

— Vous m'excuserez, monsieur Antifer, mais, en admettant que cela soit, il ne m'était pas permis de venir plus tôt...

— Et pourquoi ?

— Parce que, c'est depuis quinze jours seulement que je sais, par l'ouverture du testament, dans quelles conditions votre père avait reçu cette lettre.

— Ah ! la lettre au double K ?... Nous y revenons, monsieur Ben-Omar ?

— Oui, et mon unique pensée, en me rendant à Saint-Malo, était d'en avoir communication...

— C'est uniquement dans ce but que vous avez entrepris ce voyage ?

— Uniquement. »

Pendant cet échange de demandes et de réponses, Saouk demeurait impassible, n'ayant pas l'air de comprendre un traître mot à ce qui se disait. Il jouait son jeu avec tant de naturel que Gildas Trégomain, dont l'œil le regardait en dessous, ne put rien surprendre de suspect dans son attitude.

« Allons, monsieur Ben-Omar, reprit Pierre-Servan-Malo, j'ai pour vous le plus profond respect, et, vous le savez, je ne me permettrais pas de vous adresser une parole malsonnante... »

Vraiment, il affirmait cela avec un aplomb

9.

renversant, lui qui, la veille, avait traité le bonhomme de fripon, de gredin, de momie, de crocodile, etc.

« Cependant, ajouta-t-il, je ne puis m'empêcher de vous faire observer que vous venez de mentir...

— Monsieur !...

— Oui... de mentir comme un cambusier, quand vous avez avancé que votre voyage n'avait d'autre but que d'obtenir la communication de ma lettre !

— Je vous le jure, fit le notaire en levant la main.

— A bas les pinces, vieil Omar ! s'écria maître Antifer, qui recommençait à s'animer en dépit de ses belles résolutions. Je sais parfaitement pourquoi vous êtes venu...

— Croyez...

— Et de la part de qui vous êtes venu...

— Personne, je vous assure...

— Si... de la part de défunt Kamylk-Pacha...

— Il est mort depuis dix ans !

— N'importe ! C'est en exécution de ses dernières volontés que vous êtes aujourd'hui chez Pierre-Servan-Malo, fils de Thomas Antifer, à qui vous avez ordre, non point de demander la lettre en question, mais de communiquer certains chiffres...

— Certains chiffres?...

— Oui... les chiffres d'une longitude dont il a besoin pour compléter la latitude que Kamylk-Pacha avait fait parvenir, il y a quelque vingt ans, à son brave homme de père!

— Joliment riposté! » dit tranquillement Gildas Trégomain en secouant son mouchoir comme s'il eût envoyé un signal maritime aux sémaphores de la côte.

Et toujours même impassibilité du soi-disant clerc, bien qu'il ne pût douter maintenant que maître Antifer ne fût au courant de la situation.

« Et c'est vous, monsieur Ben-Omar, vous qui avez voulu changer les rôles, qui avez essayé de me voler ma latitude...

— Voler!

— Oui!... voler!... Et probablement pour en faire un usage qui n'appartient qu'à moi!

— Monsieur Antifer, reprit Ben-Òmar très décontenancé, croyez-le bien... dès que vous m'auriez eu donné cette lettre... je vous aurais donné les chiffres...

— Vous avouez donc les avoir ?... »

Le notaire était collé au mur. Si habitué qu'il fût à imaginer des échappatoires, il sentit que son adversaire le tenait et que le mieux consistait à se soumettre, ainsi que cela avait été convenu la veille entre Saouk et lui. Aussi, lorsque maître Antifer lui dit :

« Allons, franc jeu, monsieur Ben-Omar ! Assez louvoyé comme cela, et laissez arriver !

— Soit ! » répondit-il.

Il ouvrit son portefeuille, il en tira une feuille de parchemin, sillonnée par les lignes d'une grosse écriture.

C'était le testament de Kamylk-Pacha, rédigé, on le sait, en langue française, et dont maître Antifer prit aussitôt connaissance. Après l'avoir lu en entier, à voix haute, de manière que Gildas Trégomain ne perdît pas un mot de ce que le dit testament contenait, il tira son calepin de sa poche afin d'y inscrire les chiffres indiquant la longitude de l'îlot, — ces quatre chiffres pour chacun desquels il aurait donné un des doigts de sa main droite. Puis, comme s'il eût été sur son navire, occupé à prendre hauteur :

« Attention, gabarier ! cria-t-il.

V

LE NOTAIRE NI NAZIM NE SEMBLAIENT DISPOSÉS A SE LEVER. (Page 152.)

— Attention ! répéta Gildas Trégomain, qui,
lui aussi, venait de tirer un carnet des profondeurs de son veston.

— Pique !... »

Et, c'est le cas de dire que cette précieuse
longitude, — 54°57' à l'est du méridien de Paris, — fut « piquée » avec un soin tout spécial.

Le parchemin revint alors au notaire, qui
l'introduisit entre les plis de son portefeuille,
lequel passa sous le bras du faux principal
clerc Nazim, aussi indifférent que l'eût pu
être un vieil Hébreu du temps d'Abraham au
milieu de l'Académie française.

Cependant l'entretien arrivait au point qui
intéressait particulièrement Ben-Omar et
Saouk. Maître Antifer, connaissant le méridien et le parallèle de l'îlot, n'avait plus qu'à
croiser ces deux lignes sur la carte pour trouver le gisement à leur point de rencontre.
C'est même ce à quoi il avait une hâte très légitime de procéder. Aussi se leva-t-il, et il n'y
eut pas à se méprendre sur le demi-salut qu'il
esquissa ni sur le geste qui indiquait l'escalier.
Nul doute que Saouk et Ben-Omar fussent
invités à se retirer.

Le gabarier suivait ce manège d'un regard

attentif et souriant. Néanmoins ni le notaire
ni Nazim ne semblaient disposés à se lever.
Qu'il fût manifeste que leur hôte les mettait
à la porte, cela sautait aux yeux. Mais ou ils
ne l'avaient pas compris, ou ils ne voulaient
pas le comprendre. Ben-Omar, assez embarrassé, sentait bien que Saouk lui intimait du
regard l'ordre exprès de poser une dernière
question.

Il dut donc s'exécuter, et dit :

« Maintenant que j'ai rempli la mission dont
m'a chargé le testament de Kamylk-Pacha...

— Nous n'avons plus qu'à prendre poliment
congé les uns des autres, répondit Pierre-
Servan-Malo, et le premier train étant pour
dix heures trente-sept...

— Dix heures vingt-trois depuis hier, rec-
tifia Gildas Trégomain.

— Dix heures vingt-trois, en effet, et je ne
voudrais pas, mon cher monsieur Ben-Omar,
vous exposer, ainsi que votre clerc Nazim, à
manquer cet express... »

Le pied de Saouk commença de battre sur
le plancher une rapide mesure à deux quatre,
et, comme il consulta sa montre, on put croire
qu'il s'inquiétait du départ.

« Si vous avez des bagages à faire enregis-
trer, poursuivit maître Antifer, il n'est que
temps...

— D'autant plus, ajouta le gabarier, que
l'on n'en finit pas à cette gare. »

Ben-Omar se décida alors à reprendre la
parole, et, se levant à demi :

« Pardon, fit-il en baissant les yeux, mais il
me semble que nous ne nous sommes pas dit
tout ce que nous avions à nous dire...

— Tout, au contraire, monsieur Ben-Omar,
et, pour mon compte, je n'ai plus rien à vous
demander.

— Il me reste cependant une question à vous
soumettre, monsieur Antifer...

— Cela m'étonne, monsieur Ben-Omar,
mais enfin, si c'est votre avis, soumettez.

— Je vous ai communiqué les chiffres de
la longitude indiquée dans le testament de Kamylk-Pacha...

— D'accord, et mon ami Trégomain et moi,
nous les avons inscrits en double sur notre
carnet.

— A présent, vous avez à me faire connaître ceux de la latitude qui sont inscrits dans
la lettre...

« — La lettre adressée à mon père?...

— Elle-même.

— Pardon, monsieur Ben-Omar! répondit maître Antifer en fronçant le sourcil. Aviez-vous pour mandat de m'apporter la longitude en question?...

— Oui, et ce mandat je l'ai rempli...

— Avec autant de bonne volonté que de zèle, je l'avoue. Mais, en ce qui me concerne, je n'ai vu nulle part, ni dans le testament ni dans la lettre, que je dusse révéler à qui que ce soit les chiffres de la latitude qui ont été envoyés à mon père!

— Cependant...

— Cependant si vous aviez quelque indication à ce sujet, peut-être pourrions-nous discuter...

— Il me semble... répliqua le notaire, qu'entre gens qui s'estiment...

— Il vous semble à tort, monsieur Ben-Omar. L'estime n'a rien à voir en tout ceci, si tant est que nous en éprouvions l'un pour l'autre. »

Évidemment l'irritation, qui faisait place à l'impatience chez maître Antifer, n'allait pas tarder à se manifester. Aussi, désireux d'éviter un éclat, Gildas Trégomain alla-t-il ouvrir la porte afin de faciliter la sortie des deux personnages. Saouk n'avait pas bougé. Il ne lui appartenait pas, d'ailleurs, en sa double qualité de clerc et d'étranger ne comprenant pas le français, de se mettre en mouvement, tant que son patron ne lui en aurait pas donné l'ordre.

Ben-Omar quitta sa chaise, se frotta le crâne, rajusta ses lunettes sur son nez, et, du ton d'un homme qui prend son parti de ce qu'il ne peut empêcher :

— Pardon, monsieur Antifer, dit-il, vous êtes bien décidé à ne point me confier...

— D'autant plus décidé, monsieur Ben-Omar, que la lettre de Kamylk-Pacha imposait à mon père un secret absolu à cet égard, et que, ce secret, mon père me l'a imposé à son tour.

— Eh bien, monsieur Antifer, dit alors Ben-Omar, voulez-vous accepter un bon conseil?...

— Lequel?

— Ce serait de ne pas donner suite à cette affaire.

— Et pourquoi?...

— Parce que vous pourriez rencontrer sur votre route certaine personne capable de vous en faire repentir...

— Et qui donc?...

— Saouk, le propre fils du cousin de Kamylk-Pacha, déshérité à votre profit, et qui n'est point homme...

— Connaissez-vous ce propre fils, monsieur Ben-Omar?

— Non... répondit le notaire, mais je sais que c'est un adversaire redoutable...

— Eh bien, si vous le rencontrez jamais, ce Saouk, dites-lui de ma part que je me fiche de lui et de toute la saoukaille de l'Égypte! »

Nazim ne sourcilla pas. Là-dessus, Pierre-Servan-Malo s'avançant sur le palier :

« Nanon! » cria-t-il.

Le notaire se dirigea vers la porte, et, cette fois, Saouk, qui venait de renverser une chaise par maladresse, le suivit, non sans une furieuse envie d'activer sa marche en lui faisant dégringoler l'escalier.

Mais, au moment de franchir la porte de la chambre, voici que Ben-Omar s'arrête, et s'adressant à maître Antifer qu'il n'osait regarder en face :

« Vous n'avez point oublié, monsieur, dit-il, une des clauses du testament de Kamylk-Pacha?...

— Laquelle, monsieur Ben-Omar?

— Celle qui m'impose l'obligation de vous accompagner jusqu'au moment où vous aurez pris possession du legs, d'être là lorsque les trois barils seront exhumés...

— Eh bien, vous m'accompagnerez, monsieur Ben-Omar.

— Encore faut-il que je sache où vous irez...

— Vous le saurez, quand nous serons arrivés.

— Et si c'est au bout du monde?...

— Ce sera au bout du monde.

— Soit... Mais souvenez-vous que je ne puis me passer de mon principal clerc...

— Ce sera comme vous voudrez, et je serai non moins honoré de voyager en sa compagnie qu'en la vôtre. »

Puis, se penchant au-dessus du palier :

« Nanon! » cria-t-il une seconde fois d'une voix rude, témoignant qu'il était à bout.

Nanon parut.

« Éclaire ces messieurs! dit maître Antifer.

— Bon!... il est grand jour! répondit Nanon.

— Éclaire tout de même ! »

Et, après une telle mise en demeure de vider les lieux, Saoük et Ben-Omar quittèrent cette maison peu hospitalière, dont la porte se referma avec fracas.

Alors maître Antifer fut pris d'une de ces joies délirantes, dont il n'avait eu que de rares accès dans sa vie. Mais, en vérité, s'il n'eût pas été joyeux, ce jour-là, quand aurait-il jamais trouvé l'occasion de l'être ?

Il la tenait, sa fameuse longitude si impatiemment attendue ! Il allait pouvoir changer en réalité ce qui jusque-là n'avait été pour lui qu'un rêve ! La possession de cette invraisemblable fortune ne dépendrait plus que de l'empressement qu'il mettrait à l'aller chercher sur l'ilot où elle l'attendait !

« Cent millions… cent millions ! répétait-il.

— C'est-à-dire mille fois cent mille francs ! » ajouta le gabarier.

Et, en ce moment, maître Antifer, ne se maîtrisant plus, sauta sur un pied, sauta sur l'autre, s'accroupit, se releva, se balança des hanches, tourna comme un simple gyroscope mais pas dans le même plan, enfin exécuta une de ces danses de matelot, dont le répertoire

des gaillards d'avant fournit une nomenclature
aussi variée qu'expressive.

Puis, entraînant dans ce mouvement gira-
toire la masse de son ami Gildas Trégomain,
il l'obligea à se mouvoir avec une telle impétuo-
sité, que la maison en fut ébranlée jusque dans
ses dernières fondations.

Et il clamait d'une voix qui faisait grelotter
les vitres :

> J'ai ma lon...
> Lon la !
> J'ai ma gi...
> Lon li !
> J'ai ma gi... j'ai ma longitude !

IX

Dans lequel un point de l'une des cartes de l'atlas
de maître Antifer
est minutieusement marqué au crayon rouge.

Tandis que leur oncle se démenait dans
cette farandole à deux, Énogate et Juhel s'é-
taient rendus de conserve à la mairie et à
l'église. A la mairie, l'employé de l'état civil,
préposé aux mariages, — vieux rond de cuir
chargé de fabriquer des lunes de miel, — leur
avait montré leurs bans affichés dans le cadre

des. publications. A la cathédrale, le vicaire avait promis une messe chantée, prône, orgue, sonneries, toutes les herbes de la Saint-Jean matrimoniale.

S'ils seraient heureux, ce cousin et cette cousine, grâce à la dispense obtenue de Monseigneur! S'ils attendaient avec une impatience, peu dissimulée chez Juhel, plus réservée chez Énogate, la date du 5 avril, arrachée aux hésitations de leur oncle! S'ils s'occupaient de leurs préparatifs, trousseau de mariée, nippes et meubles, pour la belle chambre du premier étage que le généreux Trégomain embellissait chaque jour de quelques babioles, recueillies autrefois chez les riverains de la Rance — entre autres une petite statuette de la Vierge, laquelle ornait la cabine de la *Charmante-Amélie* et dont il voulut faire cadeau aux nouveaux époux! N'était-il pas leur confident, et eussent-ils trouvé un meilleur, un plus sûr dépositaire de leurs espérances, de leurs projets d'avenir? Et vingt fois par jour, à tout propos, le digne gabarier leur répétait:

« Je donnerais gros pour que le mariage fût fait... pour que le maire et le curé y eussent passé...

10

— Et la raison, mon bon Gildas?... demandait la jeune fille, un peu inquiète.

— Il est si singulier, l'ami Antifer, aussitôt
qu'il enfourche son dada et cavalcade au milieu de ses millions!... »

C'était bien l'opinion de Juhel. Lorsque l'on
dépend d'un oncle, excellent homme mais
quelque peu détraqué, on n'est sûr de rien,
tant que le oui sacramentel n'a pas été pro-
noncé devant le maire.

Et puis, quand il s'agit de ces familles de
marins, il n'y a pas de temps à perdre. Ou il
faut rester célibataires, comme l'étaient le
maître au cabotage et le patron de gabare, ou
il faut se marier dès que cela est permis et possible. Juhel devait embarquer, on le sait, en
qualité de second sur un trois-mâts de la maison Le Baillif. Alors que de mois, que d'années même à travers les mers, à des mille
lieues de sa femme, de ses enfants, si Dieu bé-
nissait leur union, et l'on n'ignore pas qu'il ne
marchande guère sa bénédiction aux conjoints
des ports de guerre et de commerce! Sans
doute, fille de marin, Énogate était faite à cette
idée que de longues navigations entraîneraient
son mari loin d'elle, n'imaginant pas qu'il pût

en être autrement! Raison de plus pour ne pas perdre un seul jour, puisque leur existence en compterait tant pendant lesquels ils seraient séparés...

C'est de cet avenir que causaient le jeune capitaine et sa fiancée, lorsqu'ils rentrèrent ce matin-là, après avoir achevé leurs courses. Ils furent assez surpris en voyant deux étrangers sortir de la maison de la rue des Hautes-Salles, et qui s'éloignaient avec de grands gestes de fureur. Qu'est-ce que ces gens-là étaient venus chercher chez maître Antifer? Juhel eut le pressentiment qu'il avait dû se passer quelque chose d'anormal.

Et il en fut bien autrement certain, lorsqu'Énogate et lui entendirent le bruit qui se faisait en haut, la chanson improvisée, dont le refrain retentissait jusqu'à l'extrémité du rempart:

Est-ce que leur oncle avait perdu l'esprit? Est-ce que l'obsession de cette longitude avait déterminé chez lui une lésion cérébrale? Est-ce qu'il était pris, sinon de la folie des grandeurs, du moins de la folie des richesses?...

« Qu'est-ce qu'il y a donc, ma tante? demanda Juhel à Nanon.

« — C'est votre oncle qui danse, mes en-fants.

— Mais ce n'est pas lui qui est capable d'é-branler la maison avec tant de violence?...

— Non! c'est Trégomain.

— Comment, Trégomain danse aussi?...

— Sans doute, pour ne pas contrarier notre oncle! » fit observer Énogate.

Tous trois montèrent au premier étage, et ils durent penser, à voir maitre Antifer se démener de cette façon, qu'il venait d'être frappé d'aliénation mentale, l'entendant répéter à tue-tête :

> J'ai ma lon...
>   Lon la !
> J'ai ma gi...
>   Lon li !

Et, à l'unisson, rouge, fumant, menacé d'un coup d'apoplexie, le bon Trégomain entonnant :

> Oui... sa gi... Oui sa longitude !...

Une révélation éclaira soudain le cerveau de Juhel. Ces deux étrangers qu'il avait vus sortir de la maison?... Est-ce que le malencontreux messager de Kamylk-Pacha était enfin arrivé?...

Le jeune homme avait pâli, et, arrêtant maître Antifer au milieu d'une volte :

« Mon oncle, s'écria-t-il, vous l'avez?...

— Je l'ai, mon neveu !

— Il l'a, » murmura Gildas Trégomain.

Et il se laissa choir sur une chaise, qui, ne pouvant opposer une résistance impossible, s'écrasa sous lui.

Quelques instants après, dès que la respiration fut revenue à leur oncle, Énogate et Juhel savaient tout ce qui s'était passé depuis la veille, l'arrivée de Ben-Omar et de son principal clerc, la tentative d'extorsion relative à la lettre de Kamylk-Pacha, la teneur du testament, l'exacte détermination de la longitude pour le gisement de l'îlot où était enfoui le trésor... Maître Antifer n'avait qu'à se baisser pour le prendre !

« Eh ! mon oncle, à présent qu'ils savent où est le nid, ces deux individus vont pouvoir le dénicher avant vous !

— Minute, mon neveu ! s'écria maître Antifer en haussant les épaules. Me crois-tu donc assez niais pour leur avoir livré la clef du coffre-fort?... »

10.

Ce que Gildas Trégomain appuya d'un geste négatif.

« ... Un coffre-fort qui renferme une fortune de cent millions ! »

Et ce mot « millions » s'enflait dans la bouche de Pierre-Servan-Malo au point qu'il faillit l'étrangler.

Quoi qu'il en soit, s'il s'attendait à ce que cette déclaration allait être accueillie par des cris d'enthousiasme, il fut promptement détrompé. Comment ! une pluie d'or dont Danaé eût été jalouse, une averse de diamants et de pierres précieuses tombait sur cette humble maison de la rue des Hautes-Salles, et on ne tendait pas la main pour la recevoir, et on ne défonçait pas le toit pour qu'elle y pénétrât jusqu'à la dernière goutte ?

Oui ! ce fut ainsi. Un silence glacial succéda à la phrase truffée de millions, si triomphalement déclamée par son auteur.

« Ah çà ! s'écria-t-il, en regardant l'un après l'autre sa sœur, son neveu, sa nièce et son ami, qu'avez-vous donc à me montrer des figures de vent debout ? »

Malgré ces objurgations, les figures ne modifièrent pas leur aire de vent.

« Comment, reprit maître Antifer, je vous annonce que me voilà riche comme Crésus, que je reviens de l'Eldorado, lesté d'or à couler bas, qu'on n'en trouverait pas tant chez le plus nababissime des nababs, et vous ne me sautez pas même au cou pour me féliciter?... »

Aucune réponse. Rien que des yeux baissés, des faces qui se détournent.

« Eh bien, Nanon?...

— Oui, mon frère, répondit la sœur, c'est une belle aisance.

— Une belle aisance! Plus de trois cent mille francs à manger par jour pendant un an, si l'on veut! Et toi, Énogate, trouves-tu aussi que c'est une belle aisance?

— Mon Dieu, mon oncle, répondit la jeune fille, il n'est pas nécessaire d'être si riche que cela...

— Oui, je sais... je connais le refrain!... La richesse ne fait pas le bonheur! — Est-ce que c'est également votre avis, monsieur le capitaine au long cours? demanda l'oncle en interrogeant directement son neveu.

— Mon avis, répondit Juhel, est que cet Égyptien aurait dû vous léguer le titre de pacha par-dessus le marché, car tant d'argent et pas de titre...

— Hé!... hé!... Antifer-Pacha!... fit en souriant le gabarier.

— Dis un peu, s'écria maître Antifer du ton dont on commande de mettre les huniers au bas ris, dis, ex-patron de la *Charmante-Amélie*, est-ce que tu aurais la prétention de blaguer?...

— Moi, mon digne ami! répliqua Gildas Trégomain. A Dieu ne plaise, et, puisque tu es si ravi d'être cent fois millionnaire, je te présente mes cent millions de compliments. »

En définitive, pourquoi la famille accueillait-elle de si froide mine les exultations de son chef? Peut-être, après tout, ne songeait-il plus à son projet d'alliances superbes pour sa nièce et son neveu? Peut-être avait-il renoncé à rompre ou tout au moins à retarder le mariage de Juhel et d'Énogate, bien que sa longitude lui fût arrivée avant le 6 avril? A vrai dire, c'était cette crainte qui chagrinait si fort Énogate et Juhel, Nanon et Gildas Trégomain.

Celui-ci voulut mettre son ami en demeure de s'expliquer... Mieux valait savoir à quoi s'en tenir. Au moins pourrait-on discuter, et, à force de discussions, faire entendre raison à cet oncle terrible, au lieu de le laisser mariner dans son jus.

« Voyons, mon ami, dit-il, en arrondissant le dos, supposons que tu les aies, ces millions...

— Supposons, gabarier ?... Et pourquoi supposer ?...

— Eh bien, prenons que tu les aies... Un brave homme comme toi, habitué à une vie modeste, qu'en feras-tu ?

— Ce qui me plaira, répondit sèchement maître Antifer.

— Tu ne vas pas acheter tout Saint-Malo, j'imagine...

— Tout Saint-Malo, et tout Saint-Servan, et tout Dinard, si cela me convient, et même ce ridicule ruisseau de la Rance, qui n'a d'eau que lorsque la marée veut bien lui en apporter ! »

Il savait qu'en insultant la Rance, il piquait au vif un homme qui avait remonté et redescendu cette charmante rivière pendant vingt ans de son existence.

« Soit ! répliqua Gildas Trégomain, les lèvres pincées. Mais tu n'en mangeras pas un morceau de plus, tu n'en boiras pas un coup de plus, à moins d'acheter un estomac supplémentaire...

— J'achèterai ce qui me conviendra, navigateur d'eau douce, et si l'on me contrarie, si je trouve de l'opposition jusque parmi les miens... »

Cela fut à l'adresse des deux fiancés.

« ... Je les mangerai, mes cent millions, je les dissiperai, j'en ferai de la fumée, j'en ferai de la poussière, et Juhel et Énogate n'auront rien des cinquante que je comptais léguer un jour à chacun...

— Autant dire cent à eux deux, mon ami...

— Pourquoi?...

— Puisqu'ils vont se marier... »

On touchait à la question brûlante.

« Ohé, gabarier! cria maître Antifer d'une voix de stentor. Grimpe donc au capelage du grand cacatois pour voir si j'y suis! »

C'était une manière d'envoyer promener Gildas Trégomain, — au figuré, s'entend, — car, de hisser sa masse en tête d'un mât quelconque, cela eût été impossible sans le secours d'un cabestan.

Ni Nanon, ni Juhel, ni Énogate n'osaient intervenir dans la conversation. A la pâleur du jeune capitaine, on comprenait qu'il ne maîtrisait pas sans peine une colère prête à déborder.

Mais le gabarier n'était pas homme à les abandonner en pleine mer, et, s'approchant de son ami :

« Cependant, tu as fais la promesse...

— Quelle promesse?...

— De consentir à leur mariage...

— Oui... si la longitude n'arrivait pas, et, comme la longitude est arrivée...

— Raison de plus pour assurer leur bonheur...

— Parfaitement, gabarier, parfaitement... C'est pourquoi Énogate épousera un prince...

— S'il s'en trouve...

— Et Juhel une princesse..

— Il n'y en a plus à marier! répliqua Gildas Trégomain, qui était à bout d'arguments.

— Il y en a toujours quand on apporte cinquante beaux millions de dot!

— Cherche donc...

— Je chercherai... et je trouverai... et dans l'almanach de Gothon encore!... »

Il voulait dire l'almanach de Gotha, cet entêté et intraitable cabochard, féru de l'idée d'associer au sang des potentats le sang des Antifers.

D'ailleurs, ne voulant pas prolonger une conversation qui pouvait tourner mal, résolu à ne point céder sur la question du mariage, il fit comprendre — oh! très nettement — qu'il désirait rester seul dans sa chambre, en ajoutant qu'il n'y serait pour personne avant le dîner.

Gildas Trégomain jugea prudent de ne pas le contrarier, et tous regagnèrent la salle du rez-de-chaussée.

En vérité, tout ce petit monde était désespéré, et des larmes coulaient des jolis yeux de la jeune fille. Cela mettait Gildas Trégomain hors de lui.

« Je n'aime pas qu'on pleure, dit-il, non... même quand on a du chagrin, petite !

— Mais, bon ami, dit-elle, tout est perdu !... Notre oncle n'en démordra pas !... Cette énorme fortune lui a tourné la tête...

— Oui, appuya Nanon, et lorsque mon frère s'est fourré une idée... »

Juhel ne parlait pas. Il allait et venait à travers la salle, croisant et décroisant ses bras, ouvrant et refermant ses mains. Soudain, le voici qui s'écrie :

« Après tout, il n'est pas le maître !... Je n'ai pas besoin de sa permission pour mon mariage !... Je suis majeur...

— Mais Énogate ne l'est pas, fit observer le gabarier, et, en sa qualité de tuteur, il peut s'opposer...

— Oui... et nous dépendons tous de lui ! ajouta Nanon qui baissa la tête.

— Aussi m'est avis, conseilla Gildas Trégomain, que mieux vaut ne pas lui résister de front... Il n'est pas impossible que cette manie lui passe, surtout si on a l'air de s'y prêter...

— Vous devez avoir raison, monsieur Trégomain, dit Énogate, et nous obtiendrons davantage, je l'espère du moins, par la douceur que par la violence.

— Du reste, remarqua le gabarier, il ne les tient pas encore, ses millions !...

— Non, insista Juhel, et, en dépit de sa latitude et de sa longitude, il aura peut-être quelque mal à mettre la main dessus ! Il faudra beaucoup de temps...

— Beaucoup !... murmura la jeune fille.

— Hélas ! oui, ma chère Énogate, et ce sont des retards !... Ah ! le maudit oncle...

— Et les maudites bêtes qui sont venues

11

de la part de ce maudit pacha! gronda Nanon.
J'aurais dû les recevoir à coups de balai...

— Ils auraient toujours fini par s'aboucher
avec lui, répliqua Juhel, et ce Ben-Omar, qui
a une commission sur l'affaire, ne lui eût pas
laissé de répit!

— Alors, mon oncle va partir?... demanda
Énogate.

— C'est probable, répondit Gildas Trégomain, puisqu'il va connaître le gisement de
l'îlot!

— Je l'accompagnerai, déclara Juhel.

— Toi, mon Juhel?... s'écria la jeune fille.

— Oui... c'est indispensable... Je veux être
là pour l'empêcher de commettre quelque sottise... pour le ramener... s'il s'attarde au loin...

— Bien raisonné, mon garçon, dit le gabarier.

— Qui sait où il se laissera entraîner en
courant après ce trésor et à quels dangers il
s'expose!... »

Énogate restait toute triste; mais elle l'avait
compris: c'était le bon sens même qui inspirait à Juhel cette résolution, et peut-être les lon-
gueurs du voyage en seraient-elles abrégées?...

Le jeune capitaine la consola de son mieux.
Il lui écrirait souvent... Il la tiendrait au cou-

rant de tout ce qui arriverait... Nanon ne la quitterait pas, ni M. Trégomain... qui la verrait tous les jours... qui lui enseignerait la résignation...

« Compte sur moi, ma fille, répondit le gabarier très ému. Je tâcherai de te distraire!... Tu ne connais pas les campagnes de la *Charmante-Amélie*?... »

Non, Énogate ne les connaissait pas, car il n'avait pas encore osé les raconter par peur de maître Antifer.

« Eh bien, je te les dirai... C'est très intéressant... Le temps s'écoulera... Un jour, nous verrons revenir notre ami avec ses millions sous le bras... ou le sac vide... et notre brave Juhel, qui ne fera qu'un saut de la maison à la cathédrale de Saint-Malo... et ce n'est pas moi qui vous retarderai... Si tu veux, pendant leur absence, on me confectionnera mon habit de noces, et je le mettrai tous les matins...

— Ohé!... gabarier? »

Cette voix bien connue fit tressauter l'assistance.

« Le voici qui m'appelle, dit Gildas Trégomain.

— Que vous veut-il?... demanda Nanon.

— Ce n'est pas la voix qu'il prend lorsqu'il est en colère, suggéra Énogate.

— Non, répondit Juhel, et, cette fois, elle dénote plus d'impatience que de fureur...

— Trégomain... viendras-tu?...

— Je vais... » cria Gildas Trégomain.

Et l'escalier ne tarda pas à gémir sous les pas du gabarier.

Un instant après, maître Antifer le poussa à travers la porte de sa chambre qu'il referma soigneusement. Puis, l'entraînant devant la table sur laquelle l'atlas étalait la carte planisphérique, et, lui tendant un compas :

« Prends! dit-il.

— Ce compas?...

— Oui! répondit maître Antifer d'une voix saccadée. Cet îlot... l'îlot aux millions... j'ai voulu reconnaître le gisement sur la carte...

— Et il n'y est pas?... s'écria Gildas Trégomain, d'un ton qui dénotait moins de surprise que de satisfaction.

— Qui te dit cela? riposta maître Antifer. Et pourquoi cet îlot n'y serait-il pas, gabarier de malheur?

— Alors... il y est?...

— S'il y est, je te crois... qu'il y est... Mais je suis si énervé... ma main tremble... ce compas me brûle les doigts... Je ne puis le promener sur la carte...

— Et tu veux que je le promène, mon ami?...

— Si tu en es capable...

— Oh! fit Gildas Trégomain.

— Dame! pour un ex-marinier de la Rance!... Enfin, essaie... nous verrons... Tiens bien le compas... et suis avec la pointe le cinquante-quatrième méridien, — autant dire le cinquante-cinquième, puisque l'îlot est par cinquante-quatre degrés et cinquante-sept minutes... »

Ces chiffres de la longitude commencèrent à troubler la tête de l'excellent homme.

« Cinquante-sept degrés et cinquante-quatre minutes?... répéta-t-il en écarquillant les yeux.

— Non... animal! s'écria maître Antifer... C'est le contraire. Allons... va donc! »

Gildas Trégomain posa la pointe du compas sur la carte du côté de l'ouest.

— Non! hurla son ami. Pas dans l'ouest!... A l'est du méridien de Paris... entends-tu... maladroit!... A l'est... à l'est! »

Gildas Trégomain, abasourdi par ces récriminations et objurgations, était incapable
de mener ce travail à bonne fin. Ses yeux se
voilaient d'une ombre troublante ; des gouttes
de sueur perlaient sur son front, et, entre ses
doigts, le compas frémissait comme un trem-
bleur de sonnerie électrique.

« Mais attrape donc le cinquante-cinquième
méridien ! vociféra maître Antifer. Commence
par le haut de la carte... et descends jusqu'à
l'endroit où tu rencontreras le vingt-quatrième
parallèle !

— Le vingt-quatrième parallèle ?... balbu-
tia Gildas Trégomain.

— Oui !... Il me fera damner avant l'âge, le
misérable ! Oui... et le point où ils se coupe-
ront sera le gisement de l'îlot...

— Le gisement...

— Eh bien... descends-tu ?...

— Je descends...

— Oh ! le gueux !... Il remonte ! »

La vérité est que le gabarier ne savait plus
où il en était, et il semblait encore moins
propre que son ami à résoudre le problème en
question. Tous deux se trouvaient dans un invraisemblable état d'agitation, et leurs nerfs

vibraient tels que des cordes de contrebasse dans un finale d'ouverture.

Maître Antifer eut la pensée qu'il allait devenir fou. Aussi, prenant le seul parti qu'il y eut à prendre :

« Juhel! » cria-t-il d'une voix qui retentit comme s'il se fût servi d'un porte-voix.

Le jeune capitaine parut presque aussitôt.

« Que voulez-vous, mon oncle?

— Juhel... où est l'îlot de Kamylk-Pacha?

— Au point où se croisent la longitude et la latitude...

— Eh bien... cherche.. »

C'était à croire que maître Antifer allait compléter la formule connue en ajoutant :

« Et apporte! »

Juhel ne demanda aucune explication. Le trouble de son oncle lui indiqua ce qui se passait. Après avoir pris le compas d'une main qui ne tremblait pas, il en posa la pointe à la naissance du cinquante-cinquième méridien au nord de la carte, et commença à suivre le tracé en descendant.

« Dis par où il passe! commanda maître Antifer.

— Oui, mon oncle, » répondit Juhel.

Et il s'exprima ainsi :

« La terre François-Joseph dans la mer Arctique.

— Bon.

— La mer de Barentz.

— Bien !

— La Nouvelle-Zemble.

— Après?...

— La mer de Kara.

— Et puis?...

— La Russie septentrionale d'Asie.

— Quelles villes traverse-t-il?...

— Ekaterinbourg, d'abord.

— Ensuite?...

— Le lac d'Aral.

— Va toujours !

— Khiva en Turkestan.

— Arrivons-nous?...

— Presque ! Hérat en Perse.

— Sommes-nous rendus?...

— Oui ! Mascate, à l'extrémité sud-est de l'Arabie.

— Mascate ! » s'écria maître Antifer qui vint se pencher sur la carte.

En effet, le croisement du cinquante-cinquième méridien et du vingt-quatrième parallèle s'opérait sur le territoire de l'iman de Mascate, dans la partie du golfe d'Oman en avant du golfe Persique, lequel sépare l'Arabie de la Perse.

« Mascate! répétait maitre Antifer.

— Mascote? répétait Gildas Trégomain, qui avait mal entendu.

— Pas Mascote... Mascate, gabarier! » hurla son ami dont les épaules se haussèrent jusqu'à ses oreilles.

En somme, on n'avait encore qu'une coordonnée approximative, puisqu'elle n'était indiquée que par les degrés, sans avoir été poussée jusqu'aux minutes d'arc.

« Ainsi, Juhel, c'est à Mascate?...

— Oui, mon oncle... à une centaine de kilomètres près.

— Et ne peux-tu préciser davantage?...

— Si, mon oncle.

— Va donc, Juhel... va donc! Ne vois-tu pas que je bous d'impatience! »

Et, pour sûr, une chaudière qu'on aurait chauffée à ce point eût été menacée d'explosion prochaine.

Juhel reprit le compas; puis, en tenant compte des minutes de la longitude et de la

11.

latitude, il parvint à déterminer le gisement
avec une telle approximation que l'écart ne
devait pas être supérieur à quelques kilomètres.

« Eh bien?... demanda maître Antifer.

— Eh bien, mon oncle, ce gisement n'est
pas sur le territoire même de l'iman de Mascate, dit-il. C'est un peu plus à l'est, dans le
golfe d'Oman...

— Parbleu!

— Pourquoi... parbleu? demanda Gildas
Trégomain.

— Puisqu'il s'agit d'un îlot, il ne peut pas
être en plein continent, ex-chalandou de la
Charmante-Amélie! »

Et ceci fut envoyé d'un ton impossible à
rendre, et bien injustement, car enfin une gabare n'est pas un chaland.

« Demain, ajouta maître Antifer, nous com-
mencerons nos préparatifs de départ.

— Vous aurez raison, répondit Juhel, très
décidé à ne pas contrarier son oncle.

— Nous verrons s'il n'y a pas à Saint-Malo
quelque navire en partance pour Port-Saïd.

— Ce sera le meilleur mode de transport,
puisque nous ne sommes pas à un jour près...

— Non!... On ne me le volera pas, mon îlot!

— Ou il faudrait être un fameux filou! » fit observer Gildas Trégomain, dont la remarque fut accueillie par un nouveau haussement d'épaules de maître Antifer.

« Tu m'accompagneras, Juhel, dit ce dernier.

— Oui, mon oncle, répondit le jeune capitaine, conformément à ce qu'il avait résolu.

— Et toi aussi, gabarier...

— Moi?... s'écria Gildas Trégomain.

— Oui... toi!... »

Ces deux mots furent articulés d'un ton si impératif, que la tête de l'excellent homme dut se baisser de haut en bas en signe d'acquiescement.

Et lui qui comptait profiter de l'absence de Pierre-Servan-Malo pour distraire la pauvre Énogate, en lui racontant les campagnes de la *Charmante-Amélie* sur les eaux douces de la Rance!

X

Qui contient la relation rapide du voyage du steamer *Steersman,* entre Saint-Malo et Port-Saïd.

Le 21 février, le steamer anglais *Steersman* [1] quittait le quai de Saint-Malo à la marée du matin. C'était un charbonnier de neuf cents tonneaux, uniquement destiné aux voyages entre Newcastle et Port-Saïd pour le transport de la houille. D'habitude, ce steamer ne s'attardait à aucune relâche. Cette fois, une légère avarie, une fuite à ses condenseurs, l'avait obligé à se réparer. Or, au lieu d'aller à Cherbourg, son capitaine avait fait un crochet sur Saint-Malo avec la pensée d'y voir un vieil ami. Quarante-huit heures après, le

1. *Le Timonier.*

steamer avait pu reprendre la mer, et le cap Fréhel lui restait déjà à une trentaine de milles dans le nord-est, lorsque nous le signalons à l'attention des lecteurs.

Et pourquoi signaler ce charbonnier plutôt qu'un autre, puisqu'il en passe des centaines sur la Manche, et que le Royaume-Uni les emploie à exporter le fruit de ses entrailles carbonifères vers tous les points du monde?

Pourquoi?... Parce que maître Antifer se trouvait à bord, et avec lui son neveu Juhel, et avec eux son ami Gildas Trégomain. Comment étaient-ils à bord d'un steamer anglais, au lieu d'être installés plus confortablement dans les wagons des Compagnies de chemins de fer? Que diable! lorsqu'il doit rapporter d'un voyage cent millions, c'est bien le moins que le voyageur prenne ses aises et ne regarde pas à la dépense!

Et c'est là ce que maître Antifer, le légataire du riche Kamylk-pacha aurait fait, si l'occasion ne lui eût été offerte de voyager dans des conditions très agréables.

Le capitaine Cip, qui commandait le *Steersman*, était une ancienne connaissance de maître Antifer. Aussi, pendant sa relâche, l'Anglais ne manqua-t-il pas de rendre visite au Malouin, et, s'il fut bien reçu dans la maison de la rue des Hautes-Salles, cela va de soi. Quand il apprit que son ami se préparait à partir pour Port-Saïd, il lui offrit, moyennant un prix raisonnable, de prendre passage à bord du *Steersman*. C'était un bon navire, filant ses onze nœuds par mer calme, et qui n'employait guère que treize ou quatorze jours à franchir les cinq mille cinq cents milles qui séparent la Grande-Bretagne du fond de la Méditerranée. Le *Steersman*, il est vrai, n'était pas approprié pour un service de voyageurs. Mais des marins ne sauraient être exigeants. On trouverait toujours à disposer une cabine convenable, et la traversée s'accomplirait sans transbordement, — ce qui ne laissait pas de présenter certains avantages.

On comprend donc que maître Antifer eût été tenté. Se claquemurer dans un wagon pendant un si long parcours, ce n'était pas pour lui agréer. A son idée, mieux valait passer deux semaines sur un bon navire, au milieu des fraîches brises de mer, que six jours au fond d'une boîte roulante, à respirer des

scories de fumée et des molécules de poussière. Ce fut également l'avis de Juhel, si ce
ne fut pas celui du gabarier, dont le champ
de navigation s'était borné à l'entre-rives de
la Rance. Grâce aux railways de l'Europe
occidentale et orientale, il avait compté opérer la plus grande partie du voyage en chemin
de fer; mais son ami en avait décidé autrement. On n'était pas à un jour près. Qu'on ar-
rivât dans un mois ou dans deux, l'ilot serait
toujours là, au gisement indiqué. Personne ne
connaissait ce gisement, — exception faite
pour maître Antifer, Juhel et Gildas Trégomain. Le trésor, enfoui depuis trente et un
ans dans sa cachette au double K, ne risquait
rien s'il attendait quelques semaines de
plus...

Il suit de là que Pierre-Servan-Malo, si
pressé qu'il fût, avait accepté au nom de ses
compagnons et au sien la proposition du capitaine Cip, et c'est la raison pour laquelle le
Steersman a dû être signalé à l'attention du
lecteur.

C'est donc établi, maître Antifer, son neveu, son ami Trégomain, munis d'une belle
somme en or que le gabarier a serrée dans sa

ceinture, pourvus d'un excellent chronomètre, d'un sextant du bon faiseur et du bouquin de la *Connaissance des Temps* nécessaires à leurs observations futures, emportant de plus une pioche et un pic destinés à creuser le sol de l'îlot, ont payé passage sur le charbonnier. C'est un excellent bâtiment, bien commandé, avec un équipage comprenant deux mécaniciens, quatre chauffeurs et une dizaine de matelots. Le patron de la *Charmante-Amélie* a dû vaincre ses répugnances, se hasarder dans une traversée maritime, braver le courroux de Neptune, lui qui n'avait jamais répondu qu'aux sourires enchanteurs des nymphes potamides. Mais maître Antifer lui ayant enjoint de boucler sa malle et de la déposer à bord du *Steersman*, il n'avait pas risqué la plus légère observation. De touchants adieux s'étaient échangés de part et d'autre, Énogate tendrement pressée sur le cœur de Juhel, Nanon se partageant entre son neveu et son frère, Gildas Trégomain ayant grand soin de ne pas serrer trop fort entre ses bras ceux qui avaient eu le courage de s'y précipiter... Enfin l'assurance avait été donnée que l'absence serait de courte durée, que six semaines ne s'écouleraient pas sans que la famille fût à nouveau réunie dans la maison de la rue des Hautes-Salles... Et, alors, millionnaire ou non, on saurait bien décider maître Antifer à célébrer le mariage si malencontreusement interrompu... Puis, le navire avait pris la direction de l'ouest, et la jeune fille l'avait suivi du regard jusqu'au moment où sa mâture disparaissait à l'horizon...

Eh bien! est-ce que le *Steersman* a oublié les deux personnages, — lesquels ne sont pas de mince importance, — qui avaient le devoir d'accompagner le légataire de Kamylk-Pacha?

En effet, le notaire Ben-Omar et Saouk, le soi-disant Nazim, n'étaient point à bord. Avaient-ils donc manqué le départ?...

La vérité est qu'il n'avait pas été possible d'obtenir du tabellion égyptien qu'il s'embarquât sur le steamer. A son voyage d'aller, entre Alexandrie et Marseille, il avait été malade comme il n'est pas permis de l'être, — même à un notaire. Aussi, maintenant que la malchance l'obligeait à se transporter jusqu'à Suez et de là... on ne savait où... il s'était bien juré de n'employer que les voies terrestres, tant qu'il pourrait éviter les routes maritimes.

Saouk n'avait pas opposé à cela la moindre objection, d'ailleurs, et, de son côté, maître Antifer ne tenait en aucune façon à se donner Ben-Omar comme compagnon de voyage. Aussi s'était-il contenté de lui assigner rendez-vous pour la fin du mois à Suez, sans dire qu'il y aurait lieu de pousser jusqu'à Mascate... C'est alors que le notaire serait bien obligé de braver les colères du perfide élément!

Maître Antifer avait même ajouté :

« Puisque votre client vous a mandé d'être présent à l'exhumation du legs en qualité d'exécuteur testamentaire, soyez-y. Mais, si les circonstances nous obligent à voyager ensemble, tenons-nous chacun à part, vu que je n'ai nulle envie de lier plus ample connaissance avec votre clerc et vous! »

A cette observation si aimablement formulée on reconnaît notre indécrottable Malouin.

Il résulte de cela que Saouk et Ben-Omar avaient quitté Saint-Malo avant le départ du *Steersman*, et c'est la raison pour laquelle ils ne figuraient pas parmi les passagers du capitaine Cip, — ce dont personne ne songeait le moins du monde à se plaindre. On le savait de reste, le notaire, d'une part poussé par la

crainte de perdre sa prime s'il n'assistait pas
à la découverte du trésor, de l'autre dominé
par l'implacable volonté de Saouk, ne fausse-
rait pas compagnie à maître Antifer. Il arriverait même avant lui à Suez, où il l'attendrait
non sans quelque impatience.

Cependant le *Steersman* filait à toute va-
peur le long de la côte française. Il n'était
pas trop rudement secoué par les vents de
sud, trouvant dans une certaine mesure l'abri
de la terre. Gildas Trégomain ne pouvait que
s'en féliciter. Il s'était promis de mettre à profit ce voyage, d'étudier les mœurs et coutumes
des divers pays que le sort l'obligeait à parcourir. Mais, comme c'était pour la première
fois de sa vie qu'il prenait le large, il redoutait
d'être en proie au mal de mer. Aussi prome-
nait-il un regard à la fois curieux et craintif
jusqu'à cet horizon où se confondent l'eau et
le ciel. Il n'essayait pas de jouer au marin, le
digne homme, ni d'affronter les dénivellations
du roulis et du tangage en arpentant le pont
du steamer. En effet, le point d'appui eût vite
manqué à ses jambes, à ses pieds habitués à
l'immobile plancher d'une gabare. Assis à l'arrière, sur un banc de la dunette, accoudé ou

cramponné aux batavioles, il gardait une attitude résignée qui lui attirait les plaisanteries
malséantes de l'impitoyable Pierre-Servan-
Malo.

« Eh bien, gabarier, cela va-t-il ?...

— Jusqu'ici je n'ai pas trop à me désoler.

— Eh ! eh !... ce n'est encore qu'une navigation en eau douce. puisque nous longeons
la terre, et tu as le droit de te croire sur la
Charmante-Amélie, entre les rives encaissées
de la Rance ! Mais, s'il survenait une anordie,
la mer secouerait ses puces, et je crois que tu
n'aurais guère le loisir de gratter les tiennes?

— Je n'ai pas de puces, mon ami.

— C'est une façon de parler, et je t'attends
à l'Océan, lorsque nous aurons démanché...

— Tu penses que je serai malade ?...

— Et, rudement, je t'en donne mon billet ! »

On l'avouera, maître Antifer avait une façon
de rassurer les gens qui n'appartenait qu'à lui.
C'est pourquoi, Juhel, croyant devoir corriger
les mauvais effets de ces pronostics, dit :

« Mon oncle exagère, monsieur Trégomain,
et vous ne serez pas plus malade...

— Qu'un marsouin?... C'est tout ce que je
souhaite, » répondit le gabarier, en montrant

deux ou trois de ces clowns de la mer qui ca-
briolaient à travers le sillage du *Steersman*.

Au soir, le navire doubla les extrêmes
pointes de la Bretagne. Comme il était engagé
dans le canal du Four, couvert par les hauteurs d'Ouessant, la mer ne lui fut pas trop
mauvaise, bien qu'il eût le vent debout. Les
passagers allèrent se coucher entre huit et
neuf heures, laissant le steamer dépasser pendant la nuit la pointe Saint-Mathieu, le goulet
de Brest, la baie de Douarnenez, le raz de
Sein et mettre le cap au sud-ouest à travers
l'Iroise.

Le gabarier rêva qu'il était malade à rendre
l'âme. Ce n'était qu'un rêve, heureusement. Le
matin venu, quoique le navire roulât d'un bord
sur l'autre, tanguant de l'avant à l'arrière, s'en-
fonçant dans le creux des lames, puis se rele-
vant sur leur crête pour retomber encore, il
n'hésita pas à monter sur le pont. Puisque les
hasards de sa destinée lui réservaient de clore
sa carrière de marinier par un voyage en mer,
c'était le moins qu'il voulût en fixer les diverses
éventualités dans sa mémoire.

Le voilà donc apparaissant sur les dernières
marches de l'escalier du capot, d'où il émergea

jusqu'à mi-corps. Et qu'aperçut-il, étendu sur un caillebotis, pâle, exsangue, s'en allant en glous-glous à la façon d'un tonneau qui se vide ?...

Maître Antifer, en personne, — Antifer Pierre-Servan-Malo, vanné autant que peut l'être une frêle lady par mauvais temps, pendant la traversée du détroit de Boulogne à Folkestone !

Et quels jurons d'origine terrestre et maritime à la fois ! Et comme il sacra de plus belle entre deux haut-le-corps, quand il contempla la face tranquille et colorée de son ami, lequel ne semblait point ressentir le moindre mal de cœur !

« Oui... mille tonnerres ! s'écria-t-il. Croirait-on cela ?... Pour ne pas avoir mis le pied sur un bateau depuis dix ans... moi... maître au cabotage... malade pis qu'un patron de gabare...

— Mais... je ne le suis pas, osa dire Gildas Trégomain, en esquissant un de ses bons sourires.

— Tu ne l'es pas !... Et pourquoi ne l'es-tu pas ?...

— Je m'en étonne, mon ami.

« — Et cependant ta Rance n'a jamais res-
semblé à cette mer de l'Iroise par un coup de
chien du sud-ouest !...

— Jamais.

— Et tu n'as pas même la mine chavirée...

— Je le regrette, répondit Gildas Trégomain, puisque cela paraît te contrarier... »

Imaginez donc une meilleure pâte d'homme
à la surface de ce monde sublunaire !

Nous avons hâte d'ajouter que le malaise
de maître Antifer ne fut que passager. Avant
que le *Steersman* eût relevé le cap Ortegal, à
la pointe nord-ouest de l'Espagne, alors qu'il
évoluait encore au milieu de ces parages du
golfe de Gascogne si terriblement battus par
les houles de l'Atlantique, le Malouin avait
reconquis son pied et son estomac de marin.
Il lui était arrivé ce qui arrive à bien d'autres,
— même des plus solides navigateurs, lorsqu'ils
ont été quelque temps sans prendre la mer.
Sa mortification n'en fut pas moins extrême
et son amour-propre directement froissé à la
pensée que ce patron de la *Charmante-Amélie*, ce commandant d'un bachot de rivière,
était resté indemne, tandis que lui, avait failli
se retourner les entrailles !

La nuit fut très pénible, pendant que le *Steersman*, avec grosse houle, naviguait par le travers de la Corogne et du Ferrol. Le capitaine Cip eut même un instant le dessein de relâcher, et peut-être s'y fût-il décidé, si maître Antifer n'avait émis l'avis de tenir bon. Des retards prolongés lui eussent donné quelque inquiétude relativement au paquebot de Suez, qui ne fait qu'une escale mensuelle au golfe Persique. A ces époques d'équinoxe, on peut toujours craindre de tels mauvais temps qu'il soit impossible de les affronter. Donc mieux valait ne point relâcher tant qu'il n'y aurait pas danger évident à continuer sa route.

Le *Steersman* poursuivit sa navigation à bonne distance des récifs du littoral de l'Espagne. Il laissa sur bâbord la baie de Vigo et les trois pains de sucre qui en signalent l'entrée, puis les pittoresques côtes du Portugal. Le lendemain, à tribord, on releva le groupe des Berlingues, que la Providence a fabriqué tout exprès pour l'établissement des feux qui signalent la proximité du continent aux navires venant du large.

Vous imaginez aisément que, durant ces longues heures inoccupées, on causait de la

VI

QU'APERÇUT-IL, ÉTENDU SUR UN CAILLEBOTIS... (Page 194.)

12

grande affaire, de cet extraordinaire voyage et de ses résultats certains. Maître Antifer avait repris son aplomb moral et physique. Les jambes écartées, le regard défiant l'horizon, il arpentait le pont d'un pied ferme, cherchant, s'il faut tout dire, sur la bonne figure du gabarier, un symptôme de malaise qui s'obstinait à n'y point paraître.

Et alors de lui lancer ces mots :

« Comment trouves-tu l'Océan ?...

— C'est beaucoup d'eau, mon ami.

— Oui... un peu plus que dans ta Rance !...

— Sans doute, mais il ne faudrait pas dédaigner une rivière qui a son charme...

— Je ne la dédaigne pas, gabarier... je la méprise...

— Mon oncle, dit Juhel, on ne doit mépriser personne, et une rivière peut avoir sa valeur...

— Tout comme un îlot ! » ajouta Gildas Trégomain.

Et sur ce mot, maître Antifer de dresser l'oreille, car c'était le toucher à son endroit sensible.

« Certes, s'écria-t-il, il y a des îlots qui méritent d'être mis au premier rang... le mien, par exemple ! »

Ce pronom indiquait bien le travail qui s'é-
tait opéré dans ce cerveau de Breton — un
pronom possessif s'il en fût jamais. Cet îlot
du golfe d'Oman lui appartenait en propre par
héritage.

« Et à propos de mon îlot, reprit-il, véri-
fies-tu chaque jour la marche de ton chronomètre, Juhel?...

— Assurément, mon oncle, et j'ai rarement
vu un instrument aussi parfait.

— Et ton sextant?...

— Soyez certain qu'il vaut le chronomètre.

— Dieu merci, ils ont coûté assez cher!

— S'ils doivent rapporter cent millions, in-
sinua judicieusement Gildas Trégomain, il n'y
avait pas lieu de regarder au prix...

— Comme tu le dis, gabarier! »

Et, de fait, on n'y avait point regardé. Le
chronomètre avait été fabriqué dans les ate-
liers de Bréguet, — avec quelle perfection, il
est inutile d'y insister. Quant au sextant, il
était digne du chronomètre, et, habilement
manié, pouvait donner des angles à moins
d'une seconde. Or, pour le maniement, il n'y
avait qu'à s'en remettre au jeune capitaine.

Grâce à ces deux appareils, il saurait déterminer avec une précision absolue le gisement
de l'îlot.

Mais, si maître Antifer et ses deux compagnons avaient raison d'accorder entière confiance à ces instruments, c'était de la défiance,
au contraire, de la très juste défiance, qu'ils
éprouvaient pour Ben-Omar, l'exécuteur testamentaire de Kamylk-Pacha. Ils en causaient
souvent, et un jour, l'oncle de dire à son neveu :

« Il ne me revient pas du tout, cet Omar, et
je me promets de l'observer de près !

— Qui sait si nous le retrouverons à Suez ?...
répondit le gabarier d'un ton dubitatif.

— Allons donc ! s'écria maître Antifer. Il
nous y attendrait des semaines et des mois,
s'il le fallait !... Est-ce que ce coquin-là n'était
pas venu à Saint-Malo uniquement pour me
voler ma latitude ?

— Mon oncle, dit Juhel, vous n'avez pas
tort, je crois, de surveiller ce garde-notes d'É-
gypte. A mon avis, il ne vaut pas cher, et
j'avoue que son clerc Nazim ne me paraît pas
valoir davantage !

— Je pense comme toi, Juhel, ajouta le ga-

12.

barier. Ce Nazim n'a pas plus l'air d'un clerc que je n'ai l'air, moi...

— D'un jeune premier de théâtre! dit Pierre-Servan-Malo, en faisant rouler son caillou entre ses dents. Non, le susdit clerc n'a pas une figure à rédiger des actes... Après tout, en Égypte, il n'est pas étonnant que ces saute-ruisseaux aient de ces tournures de beys à éperons et à moustaches!... Le malheur est qu'il ne parle pas le français... On aurait pu le faire jaser...

— Le faire jaser, mon oncle? Si vous n'avez pas tiré grand'chose du patron, vous n'auriez rien tiré de son clerc, vous pouvez m'en croire. Je pense qu'il y aurait plutôt lieu de vous préoccuper de ce Saouk...

— Quel Saouk?...

— Ce fils de Mourad, le cousin de Kamylk-Pacha, de cet homme qui est déshérité à votre profit...

— Qu'il s'avise de se mettre en travers, Juhel, et je saurai le remettre en long! Est-ce que le testament n'est pas formel?... Alors, que nous veut-il, ce descendant de pachas, dont je me charge de couper les queues?...

— Cependant, mon oncle...

— Eh! je ne m'inquiète pas plus de lui que du Ben-Omar, et si ce fabricant de contrats ne marche pas correctement...

— Prends garde, mon ami! dit Gildas Trégomain. Tu ne peux pas te débarrasser du notaire... Il a le droit et même le devoir de t'accompagner dans tes recherches... de te suivre sur l'îlot...

— Mon îlot, gabarier!...

— Soit... ton îlot!... Le testament l'indique d'une façon précise, et comme il lui est attribué une commission de un pour cent... soit un million de francs...

— Un million de coups de pieds au derrière! » s'écria le Malouin, dont l'irascibilité croissait à la pensée de cette énorme prime que devait toucher Ben-Omar.

La conversation fut interrompue par des sifflets assourdissants. Le *Steersman*, qui s'était rapproché de terre, passait entre la pointe du cap Saint-Vincent et le rocher dressé au large du cap.

Le capitaine Cip n'omettait jamais d'envoyer un salut au couvent juché sur le haut de la falaise, — salut que le prieur s'empressait de lui rendre sous forme de bénédiction paternelle. Quelques vieux moines apparurent sur le plateau, et le steamer, onctueusement béni, contourna l'extrême pointe pour prendre direction vers le sud-est.

Pendant la nuit, en prolongeant la côte à quelques milles, on aperçut les feux de Cadix, on dépassa la baie de Trafalgar. Le matin au petit jour, après avoir relevé dans le sud le phare du cap Spartel, le *Steersman*, laissant à égale distance, sur tribord, les superbes collines de Tanger, meublées de jolies villas toutes blanches entre les frondaisons, et, sur bâbord, les coteaux échelonnés derrière Tarifa, donna dans le détroit de Gibraltar.

A partir de cet endroit, le capitaine Cip, servi par le courant de la Méditerranée, fila vivement, en se rapprochant du littoral marocain. Il entrevit Ceuta, perchée sur son roc comme un Gibraltar espagnol, il mit le cap au sud-est, et vingt-quatre heures après, l'île d'Alboran lui restait par l'arrière.

Délicieuse navigation dont les passagers peuvent ressentir l'inexprimable charme, lorsque le navire qui les transporte passe en vue de la côte africaine. Rien de plus pittoresque, de plus varié que ce panorama, avec ses montagnes d'arrière-plan d'un harmonieux profil, les multiples découpures du rivage, les villes maritimes qui surgissent inopinément au détour des hautes falaises dans leur cadre de verdure, respecté de l'hiver sous ce climat méditerranéen. Le gabarier apprécia-t-il comme il convenait ces beautés naturelles, et balanceraient-elles en son souvenir les points de vue de sa bien aimée Rance entre Dinard et Dinan? Qu'éprouva-t-il en voyant Oran, dominée par le cône où s'accroche son fort, Alger étagée en amphithéâtre sur sa casbah, Stora perdue au milieu de ses roches d'un grandiose aspect, Bougie, Philippeville, Bône, mi-moderne et mi-antique, blottie au fond de son golfe. En un mot, quel fut l'état d'âme de Gildas Trégomain en présence de ce littoral superbe qui se déroulait devant ses yeux? C'est là un point historique qui n'est pas fixé et qui ne le sera jamais sans doute.

Ce fut à peu près par le travers de La Calle que le *Steersman*, s'éloignant de la côte tunisienne, prit direction vers le cap Bon. Dans la soirée du 5 mars, les hauteurs de Carthage se dessinèrent un instant sur un fond de ciel d'un blanc cru, au moment où le soleil se couchait au milieu des brumes. Puis, pendant la nuit, le steamer, après avoir doublé le cap Bon, sillonna cette portion orientale de la Méditerranée qui s'étend jusqu'aux Échelles du Levant.

Le temps était assez propice. Des grains parfois, mais des embellies qui laissaient au regard de larges horizons. C'est en ces conditions que l'île de Pantellaria montra son sommet aigu, — un ancien volcan endormi qui pourrait bien se réveiller un jour. Du reste, le sous-sol de cette partie de mer, depuis le cap Bon jusqu'aux parages les plus reculés de l'archipel grec, est volcanique. Des îles y ont apparu, telles Santorin et nombre d'autres, qui formeront peut-être un jour quelque nouvel archipel.

Aussi Juhel eut-il raison de dire à son oncle :

« Il est heureux que Kamylk-Pacha n'ait pas choisi un îlot de ces parages pour y enterrer sa fortune.

— C'est heureux... très heureux ! » répondit maître Antifer.

Et sa face devint toute pâle à la pensée que son îlot aurait pu émerger d'une mer incessamment travaillée par les forces souterraines. Heureusement, le golfe d'Oman est

garanti contre les éventualités de cette sorte.
Il ne connaît pas de telles commotions, et l'îlot

occuperait la place même où ses coordonnées
géographiques en indiquaient le gisement.

Après avoir dépassé les îles de Gozzo et de
Malte, le *Steersman* se rapprocha franchement
de la côte égyptienne.

Le capitaine Cip vint reconnaître Alexandrie.
Puis, ayant contourné ce réseau des bouches
du Nil, sorte d'éventail déployé entre Rosette

et Damiette, il fut signalé à l'ouvert de Port-
Saïd dans la matinée du 7 mars.

Le canal de Suez était en construction à
cette époque, puisqu'il ne fut inauguré qu'en
1869. Le steamer dut donc s'arrêter à Port-
Saïd. Là, les maisons à l'européenne, les cha-
lets à toit pointu, les villas fantaisistes, ont
poussé sous le souffle français, le long d'une
étroite bande de sable resserrée entre la mer,
le canal et le lac Menzaleh. Le produit des
fouilles a servi à combler une partie du marais,
à établir un terre-plein, qui sert d'assise à la
ville, où rien ne manque : église, hôpital, chan-
tiers. Des constructions pittoresques s'étalent
en façade sur la Méditerranée, et le lac est
semé d'îlots verdoyants entre lesquels se glis-
sent les barques de pêcheurs. Une sorte de
demi-rade, de deux cent trente hectares, est
protégée par ses deux digues, l'une occidentale, avec phare, sur une longueur de trois
mille cinqcents mètres, l'autre, orientale, plus
courte de sept cents mètres.

Maître Antifer et ses compagnons se sépa-
rèrent du capitaine Cip avec force remercie-
ments sur l'accueil qu'ils avaient reçu à son
bord et, le lendemain, ils prirent le chemin

de fer qui fonctionnait alors entre Port-Saïd et Suez.

Il était fâcheux que le canal n'eût pas été achevé cette année-là. La traversée aurait vivement intéressé Juhel, et Gildas Trégomain aurait pu se croire entre les rives de la Rance, bien que l'aspect des lacs Amers et d'Ismaïla soit moins breton que Dinan et plus oriental que Dinard.

Quant à maître Antifer?... En vérité, est-ce qu'il eût songé à regarder ces merveilles? Non! pas plus celles qui sont dues à la nature, que celles qui sont dues au génie de l'homme. Pour lui, dans le monde entier il n'existait qu'un seul point, l'ilot du golfe d'Oman, son ilot, lequel, comme un bouton de métal brillant, hypnotisait tout son être...

Et il ne devait rien voir de Suez, cette ville, qui occupe actuellement une place si importante dans la nomenclature géographique. Mais ce qu'il aperçut très visiblement au sortir de la gare, ce fut un groupe de deux hommes, dont l'un se dépensait en saluts excessifs, tandis que l'autre ne se départissait pas de la gravité orientale.

C'étaient Ben-Omar et Nazim.

13

XI

Dans lequel Gildas Trégomain déclare que son ami
Antifer pourrait bien finir par devenir fou.

Ainsi l'exécuteur testamentaire, le notaire
Ben-Omar et son clerc étaient au rendez-vous
assigné. Ils n'auraient eu garde d'y manquer.
Depuis quelques jours déjà ils étaient arrivés
à Suez, et que l'on juge de leur impatience
en attendant le Malouin !

Sur un signe de maître Antifer, ni Juhel ni
Gildas Trégomain ne bougèrent. Tous trois
affectèrent même de se livrer à une conversation dont rien ne pouvait les distraire.

Ben-Omar s'avança en prenant cette attitude
obséquieuse qui lui était habituelle.

On ne parut pas se douter de sa présence.

« Enfin... monsieur... » se hasarda-t-il à

dire, en donnant à sa voix les plus aimables inflexions.

Maître Antifer tourna la tête, le regarda, et, positivement, il avait l'air de ne point le connaître.

« Monsieur... c'est moi... c'est moi... répétait le notaire en s'inclinant.

— Qui... vous ?... »

Et il n'eût pas dit plus clairement : Que diable me veut cet échappé d'une boite à momie ?

« Mais... c'est moi... Ben-Omar... le notaire d'Alexandrie... Vous ne me remettez pas ?...

— Est-ce que nous connaissons ce monsieur ? » demanda Pierre-Servan-Malo.

Et il interrogeait ses compagnons en clignant de l'œil, tandis que le caillou gonflait alternativement sa joue droite et sa joue gauche.

« Je le crois... répondit Gildas Trégomain, qui prenait en pitié l'embarras du notaire. C'est monsieur Ben-Omar que nous avons déjà eu le plaisir de rencontrer...

— En effet... en effet... répliqua maître Antifer, comme si ce souvenir fût revenu de loin, de très loin. Je me rappelle... Bon Omar... Ben-Omar ?...

— Moi-même.

— Eh bien... que faites-vous ici ?...

— Comment... ce que j'y fais ?... Je vous attends, monsieur Antifer.

— Vous m'attendez ?...

— Sans doute... Vous avez donc oublié ?... Rendez-vous donné à Suez ?...

— Rendez-vous ?... Et pourquoi ? répondit le Malouin, en jouant si bien la surprise que le notaire dut en être dupe.

— Pourquoi ?... Mais le testament de Ka-mylk-Pacha... les millions légués... cet ilot...

— Vous pourriez dire mon ilot, ce me semble !

— Oui... votre ilot... Je vois que la mémoire vous revient... et comme le testament m'a imposé l'obligation de...

— C'est entendu, monsieur Ben-Omar... Bonjour... bonjour !... »

Et, sans lui dire au revoir, il fit d'un mouvement d'épaule comprendre à Juhel et au gabarier de le suivre.

Au moment où ils allaient s'éloigner de la gare, le notaire les arrêta.

« Où comptez-vous loger à Suez ?... demanda-t-il.

— Dans un hôtel quelconque, répondit maître Antifer.

— L'hôtel où je suis descendu avec mon clerc Nazim vous conviendrait-il?...

— Celui-là ou un autre, peu importe! Pour les quarante-huit heures que nous devons passer ici...

— Quarante-huit heures?... répliqua Ben-Omar d'un ton où perçait une évidente inquiétude. Vous n'êtes pas arrivé au terme de votre voyage?...

— Pas le moins du monde, répondit maître Antifer, et il reste encore une traversée...

— Une traversée?... s'écria le notaire, qui pâlissait déjà comme si le pont d'un navire eût oscillé sous ses pieds.

— Une traversée que nous exécuterons, ne vous déplaise, à bord du paquebot *Oxus*, qui fait le service de Bombay...

— Bombay!

— Et qui doit partir après-demain de Suez. Je vous invite donc à y prendre passage, puisque votre compagnie nous est imposée...

— Où est donc cet îlot?... demanda le notaire, avec un geste de désespoir.

— Il est où il est, monsieur Ben-Omar. »

Là-dessus, maître Antifer, suivi de Juhel
et de Trégomain, se rendit au plus prochain
hôtel, où leurs bagages, peu encombrants, furent bientôt transportés.

Un instant plus tard, Ben-Omar avait rejoint Nazim, et un observateur eût vu clairement que son soi-disant clerc l'accueillait
d'une façon peu respectueuse. Ah! sans cet un
pour cent qui lui était attribué sur les millions,
et aussi n'eût été la crainte que lui inspirait
Saouk, avec quelle joie il aurait envoyé promener le légataire, et ce testament de Kamylk-
Pacha, et cet îlot inconnu, à la recherche duquel il fallait courir à travers les continents et
les mers!

On eût dit à notre Malouin que Suez était
appelée autrefois Soueys par les Arabes, et
Cléopatris par les Égyptiens, qu'il se serait
empressé de répondre :

« Pour ce que j'y viens faire, cela m'est parfaitement égal! »

Visiter quelques mosquées, vieilles constructions sans caractère, deux ou trois places,
dont la plus curieuse est celle du marché
aux grains, la maison face à la mer où logea
le général Bonaparte, c'est à quoi ne songeait

guère cet impatient personnage. Mais Juhel
se dit qu'il ne pourrait mieux occuper les
quarante-huit heures de relâche qu'en prenant
un aperçu de cette ville, peuplée de quinze
mille habitants et dont l'enceinte irrégulière
est misérablement entretenue.

Il suit de là que Gildas Trégomain et lui
employèrent leur temps à courir les rues et
les ruelles, à explorer la rade, où cinq cents
bâtiments peuvent trouver un bon mouillage
par seize et vingt mètres de profondeur, avec
abri contre les vents de nord-nord-ouest qui
dominent en toute saison.

Suez se livrait à un certain commerce maritime, même avant que le canal eût été pro-
jeté — grâce au railway qui dessert le Caire
et Alexandrie. Par sa situation au fond du
golfe dont elle porte le nom, — golfe creusé
entre le littoral égyptien et l'isthme sur une
longueur de cent quatre-vingt-six kilomètres,
— cette ville commande la mer Rouge, et,
pour être lent, son développement n'en est
pas moins assuré dans l'avenir.

Encore une fois, cela laissait maître Antifer
d'une indifférence rare. Tandis que ses deux
compagnons déambulaient à travers les rues,

lui ne quittait guère la superbe plage trans-
formée en promenade. Il se sentait surveillé,
il est vrai. Tantôt c'était Nazim, tantôt c'était
Ben-Omar, qui ne le perdaient pas de vue, sans
jamais l'aborder. Il feignait, d'ailleurs, de ne
point remarquer cette surveillance. Assis sur
un banc, absorbé, méditatif, son œil sondant
les horizons de la mer Rouge, il cherchait à
les dépasser du regard. Et, parfois, tant son
imagination subissait l'obsession d'une idée
fixe, il croyait voir l'îlot, — son îlot — émerger là-bas des brumes du sud... par un effet
du mirage qui se produit fréquemment aux
limites de ces grèves sablonneuses, merveil-
leux phénomène auquel l'œil se laisse toujours tromper.

Enfin, le 11 mars, dans la matinée, le paquebot *Oxus* eut terminé ses préparatifs de
départ, et embarqué le charbon nécessaire à la
traversée de l'océan Indien avec les relâches
réglementaires.

On ne s'étonnera pas que maître Antifer,
Gildas Trégomain et Juhel se fussent rendus à
bord dès l'aube, ni que Ben-Omar et Saouk y
eussent pris passage après eux.

Ce grand paquebot, bien que destiné plus

spécialement aux marchandises, était aussi aménagé pour le transport des voyageurs, la plupart à destination de Bombay, quelques-uns seulement devant débarquer à Aden et à Mascate.

L'*Oxus* appareilla vers onze heures du matin et sortit des longues passes de Suez. Il régnait une assez fraîche brise de nord-nord-ouest, indiquant une tendance à retomber dans l'ouest. Comme ce voyage devait durer une quinzaine de jours, à cause des relâches successives, Juhel avait retenu une cabine à trois cadres, disposée à souhait pour la sieste du jour et le repos de la nuit.

Il va sans dire que Saouk et Ben-Omar occupaient une autre cabine, hors de laquelle le notaire ne ferait sans doute que de rares et courtes apparitions. Maître Antifer, bien décidé à réduire à l'indispensable les rapports qu'ils devaient avoir tous deux, avait débuté par déclarer à l'infortuné tabellion, avec cette délicatesse d'ours marin qui le caractérisait :

« Monsieur Ben-Omar, nous voyageons de conserve, c'est entendu, mais chacun de son côté... J'irai du mien, vous irez du vôtre... Il suffira que vous soyez là pour constater ma

13.

prise de possession, et, la chose terminée,
j'espère que nous aurons le plaisir de ne plus
nous rencontrer ni dans ce monde ni dans
l'autre! »

Tant que l'*Oxus* descendit le long du golfe,
abrité par les hauteurs de l'isthme, la navigation fut aussi tranquille qu'elle aurait pu l'être
à la surface d'un lac. Mais, lorsqu'il donna
dans la mer Rouge, ces fraîches brises, qui se
développent sur les plaines arabiques, l'ac-
cueillirent assez rudement. Il en résulta un
violent roulis, dont nombre de passagers se
trouvèrent fort mal. Nazim ne parut point en
être incommodé, — pas plus que maître Antifer et son neveu, pas plus que Gildas Trégomain, qui réhabilitait en sa personne la corporation des marins d'eau douce. Quant au
notaire, il faut renoncer à peindre l'affaisse-
ment auquel il fut réduit. Il ne parut jamais ni
sur le pont du paquebot, ni dans le salon, ni
dans le dining-room. On l'entendait gémir au
fond de sa cabine, et on ne l'entrevit même
pas de toute la traversée. Mieux eût valu pour
lui opérer ce voyage à l'état de momie. L'excellent gabarier, pris d'une sorte de pitié à
l'égard du pauvre homme, lui fit quelques

visites, — et cela ne surprendra pas, étant
donnée sa bonne nature. Pour maître Antifer,
qui ne pardonnait pas à Ben-Omar d'avoir
voulu lui voler sa latitude, il haussait les
épaules, lorsque Gildas Trégomain essayait de
l'apitoyer sur le malheureux passager.

« Eh bien, gabarier, lui disait-il, en dégon-
flant sa joue droite pour gonfler sa joue
gauche, ton Omar est-il vidé?...

— A peu près.

— Mes compliments!

— Mon ami... est-ce que tu ne viendras pas
le voir... ne fût-ce qu'une fois?...

— Si, gabarier, si!... J'irai quand il n'en
restera plus que la carapace! »

Allez donc faire entendre raison à un homme
qui répond sur ce ton en éclatant de rire!

Toutefois, si le notaire ne fut pas gênant au
cours de cette traversée, son clerc Nazim ne
laissa pas d'exciter à plusieurs reprises chez
maître Antifer une irritation presque justifiée.
Ce n'est pas que Nazim lui imposât sa présence... non!... D'ailleurs, pourquoi l'eût-il
fait, puisque ni l'un ni l'autre n'auraient pu
converser, faute de parler la même langue.
Mais le soi-disant clerc était toujours là,

épiant du regard ce que faisait le Malouin, comme s'il remplissait une fonction que son patron lui aurait imposée. Aussi, quel plaisir maître Antifer eût éprouvé à l'envoyer par-dessus le bord, en admettant que l'Égyptien eût été homme à souffrir un pareil traitement.

La descente de la mer Rouge fut assez pénible, — bien que l'on ne fût pas au milieu des intolérables chaleurs de l'été. A cette époque, on le sait, l'entretien des chaudières ne peut être confié qu'à des chauffeurs arabes. Eux seuls ne cuisent pas là où des œufs cui-raient en quelques minutes.

A la date du 15 mars, l'*Oxus* atteignit la partie la plus resserrée du détroit de Bab-el-Mandeb. Après avoir évité à bâbord l'île an-glaise de Périm, les trois Français purent saluer le pavillon de la France, que déployait le fort d'Obock au-dessus de la côte africaine. Puis le steamer retrouva du large dans le golfe d'Aden, et mit le cap sur le port de ce nom, où il devait débarquer quelques passagers.

Aden, encore une clef de ce trousseau de la mer Rouge, qui pend à la ceinture de la Grande-Bretagne, cette bonne ménagère tou-jours à la besogne! Avec l'île de Périm, dont

elle a fait un autre Gibraltar, elle tient l'entrée
de ce couloir long de six cents lieues, qui dé-

bouche sur les parages de l'océan Indien. Si le
port d'Aden est en partie ensablé, du moins
possède-t-il un vaste et commode mouillage
à l'est, puis, à l'ouest, un bassin où toute une
flotte trouverait abri. Les Anglais sont in-

stallés là depuis 1823. La ville actuelle, qui fut
d'ailleurs florissante aux onzième et douzième
siècles, était tout indiquée pour devenir l'en-
trepôt du commerce avec l'extrême Orient.

Aden, qui possède trente mille habitants, en
comptait trois de plus — et de nationalité française — dans cette même soirée. La France
y fut représentée, pendant vingt-quatre heures,
par ces aventureux Malouins, et non des moins
considérables de l'ancienne Armorique.

Maître Antifer ne jugea point à propos de
quitter le bord. Il passa son temps à pester
contre cette relâche, dont l'un des plus graves
inconvénients fut de permettre au notaire
d'apparaître sur le pont de l'*Oxus*. Dans quel
état, grand Dieu! Il eut à peine la force de se
traîner jusqu'à la dunette.

« Eh! c'est vous, monsieur Ben-Omar? dit
Pierre-Servan-Malo avec un sérieux des plus
ironiques. Vrai! je ne vous aurais pas reconnu!... Jamais vous n'irez jusqu'au bout du
voyage!... A votre place... je resterais à
Aden...

— Je le voudrais... répondit le malheureux,
dont la voix était réduite à un souffle. Quelques jours de repos pourraient me rétablir,

et si vous vouliez attendre le prochain paquebot...

— Désolé, monsieur Ben-Omar. J'ai hâte de
verser entre vos mains le joli tantième qui doit
vous revenir, et je ne puis, à mon grand
regret, m'arrêter en route !

— Est-ce loin encore ?...

— Plus que loin ! » répondit maître Antifer,
en décrivant du geste une courbe d'un diamètre invraisemblable.

Et, là-dessus, Ben-Omar de regagner sa
cabine, se traînant comme une langouste, et,
peu réconforté, on l'imagine, par cette brève
conversation.

Juhel et le gabarier revinrent à bord pour
l'heure du dîner, et ne crurent point devoir
raconter leur visite à Aden. Maître Antifer ne
les eût guère écoutés.

Le lendemain, l'après-midi, l'*Oxus* reprit
la mer, et n'eut pas à se louer de l'Amphitrite
indienne, — Gildas Trégomain disait « Am-
phitruite ». La déesse fut quinteuse, capri-
cieuse, nerveuse, et l'on s'en ressentit à bord.
Mieux vaut ne point chercher à savoir ce qui
se passait dans la cabine de Ben-Omar. Mais
on l'eût remonté sur le pont, enveloppé d'un

drap, on l'eût envoyé au giron de la susdite déesse avec un boulet aux pieds, qu'il n'aurait pas eu la force de protester contre l'inopportunité de cette cérémonîe funèbre.

Le mauvais temps ne se calma que le troisième jour, lorsque le vent hala le nord-est, — ce qui donna au paquebot l'abri de la côte d'Hadramaut.

Inutile d'ajouter que, si Saouk supportait les éventualités de cette navigation sans en être incommodé, s'il ne souffrait pas au physique, il n'en allait pas ainsi de son moral. Être à la merci de ce damné Français, n'avoir pu lui arracher le mystère de l'îlot, se voir contraint à le suivre jusqu'à... jusqu'à l'endroit où il comptait s'arrêter !... Serait-ce à Mascate, à Surate, à Bombay, où l'*Oxus* devait faire escale ?... N'allait-il pas plutôt s'engager à travers le détroit d'Ormuz, après avoir pris pied à Mascate ?... Était-ce donc l'un de ces centaines d'ilots du golfe Persique où Kamylk-Pacha était allé enfouir son trésor ?

Cette ignorance, cette incertitude, entretenaient Saouk dans un état de perpétuelle exaspération. Il aurait voulu arracher ce secret des entrailles mêmes de maître Antifer.

Que de fois il chercha à surprendre quelques mots échangés entre ses compagnons et lui! Puisqu'il passait pour ne pas comprendre le français, on ne pouvait se défier de sa présence... Tout cela n'avait abouti à rien. Et c'est justement le prétendu clerc qui était tenu, sinon en défiance, du moins en aversion. C'était même de la répulsion que sa personne inspirait. Ce sentiment instinctif, irraisonné, maître Antifer et ses compagnons l'éprouvaient à un degré égal. Ils s'éloignaient à l'approche de Saouk. Celui-ci ne s'en apercevait que trop.

L'*Oxus* relâcha une douzaine d'heures à Birbat, sur la côte arabe, dans la journée du 19 mars. Puis, à partir de ce point, il commença à prolonger la terre d'Oman, afin de remonter vers Mascate. Deux jours encore, il aurait doublé le cap Raz-el-Had. Vingt-quatre heures plus tard, il aurait atteint la capitale de l'imanat. Maître Antifer serait au terme de son voyage.

Il était temps, d'ailleurs. A mesure que le but s'approchait, le Malouin devenait plus nerveux, plus insociable. Toute sa vie se concentrait vers cet îlot tant désiré, cette mine

d'or et de diamants qui lui appartenait. Il entrevoyait une caverne d'Ali-Baba dont la propriété lui avait été transférée par acte légitime
et précisément dans ce pays des *Mille et une
Nuits*, où la fantaisie de Kamylk-Pacha venait
de le conduire.

« Savez-vous, dit-il ce jour-là à ses compagnons, que si la fortune de ce brave homme
d'Égyptien... »

Il en parlait avec familiarité, comme un
neveu eût parlé d'un oncle d'Amérique dont il
allait palper l'héritage.

« ... Savez-vous que si cette fortune eût
consisté en lingots d'or, j'aurais été fort embarrassé, lorsqu'il se serait agi de l'emporter
à Saint-Malo ?

— Je vous crois, mon oncle, répondit Juhel.

— Cependant, risqua le gabarier, en rem-
plissant notre valise, nos poches, la coiffe de
notre chapeau...

— Voilà bien des idées de marinier ! s'écria
maître Antifer. Il se figure qu'un million en
or, ça peut tenir dans un gousset !

— J'imaginais, mon ami...

— Mais tu n'as donc jamais vu un million
en or ?...

« — Jamais… pas même en rêve !

— Et tu ne sais pas ce que cela pèse ?..

— Je ne m'en doute point.

— Eh bien, je le sais, moi, gabarier, car j'ai eu la curiosité de le calculer !

— Dis un peu.

— Un lingot d'or valant un million pèse environ trois cent vingt-deux kilogrammes…

— Pas plus ? » riposta naïvement Gildas Trégomain.

Maître Antifer le regarda de travers. Cependant l'observation avait été formulée de si bonne foi qu'il fut désarmé.

« Et, reprit-il, si un million pèse trois cent vingt-deux kilogrammes, cent millions en pèsent trente-deux mille deux cent cinquante-six !

— Eh !… fit le gabarier, tu m'en diras tant !

— Et sais-tu combien il faudrait d'hommes, chargés à cent kilos chacun, pour transporter ces cent millions ?…

— Achève, mon ami.

— Il en faudrait trois cent vingt-trois. Or, comme nous ne sommes que trois, juge un peu de notre embarras, une fois arrivés sur mon îlot ! Heureusement, mon trésor se com-

pose surtout de diamants et de pierres précieuses...

— Le fait est que mon oncle a raison, répondit Juhel.

— Et j'ajouterai, dit Gildas Trégomain, que
cet excellent Kamylk-Pacha me paraît avoir
arrangé convenablement les choses.

— Oh! ces diamants, s'écria maître Antifer,
ces diamants d'une défaite si facile chez les
joailliers de Paris ou de Londres!... Quelle
vente, mes amis, quelle vente!... Pas tous,
par exemple, non... pas tous!

— Tu n'en vendras qu'une partie?...

— Oui, gabarier, oui! répliqua maître Antifer, dont la face se convulsait, tandis que ses
yeux jetaient des éclairs. Oui!... et d'abord,
j'en garderai un pour moi,... un diamant d'un
million... que je porterai à ma chemise.

— A ta chemise, mon ami! répondit Gildas
Trégomain. Mais tu seras éblouissant!... On
ne pourra plus te regarder en face...

— Et il y en aura un second pour Énogate,
ajouta maître Antifer. Voilà un petit caillou
qui la rendra jolie...

— Pas plus qu'elle ne l'est, mon oncle!
s'empressa de répondre Juhel.

— Si, mon neveu... si... Et il y aura un troisième diamant pour ma sœur !

— Ah! la bonne Nanon! s'écria Gildas Trégomain. Elle sera aussi parée que la Vierge qui regarde la rue Porcon de la Barbinais! Ah çà! tu veux donc qu'on vienne la redemander en mariage?... »

Maître Antifer haussa les épaules, disant :

« Et il y aura un quatrième diamant pour toi, Juhel, une belle pierre que tu porteras en épinglette...

— Merci, mon oncle.

— Et un cinquième pour toi, patron !

— Moi?... Si encore c'eût été pour mettre à la figure de proue de la *Charmante-Amélie*...

— Non... gabarier... à ton doigt... en bague... en chevalière...

— Un diamant... à mes grosses pattes rougeaudes... ça m'ira comme des chaussettes à un Franciscain, répliqua le gabarier en montrant une énorme main, plus faite pour haler une aussière que pour étaler des bagues.

— N'importe, gabarier! Et il n'est pas impossible que tu trouves une femme qui veuille...

— A qui le dis-tu, mon ami!... Il y a préci-

sément une belle et forte veuve, épicière à
Saint-Servan...

— Épicière... épicière !... s'écria maître Antifer... Vois-tu d'ici la figure que ton épicière
ferait dans notre famille, lorsque Énogate aura
épousé son prince, et Juhel sa princesse ! »

La conversation en resta là, et le jeune
capitaine ne put s'empêcher de soupirer à la
pensée que son oncle caressait encore ces
rêves absurdes... Comment le ramènerait-on
à des idées plus saines, si la malchance, —
oui ! la malchance — voulait qu'il devînt possesseur des millions de l'îlot ?

« Positivement... il perdra la raison, pour
peu que ça continue ! dit Gildas Trégomain à
Juhel, dès qu'ils furent seuls.

— C'est à craindre ! » répondit Juhel, en
regardant son oncle qui se parlait à lui-même.

Deux jours après, le 22 mars, l'*Oxus* arrivait au port de Mascate, et trois matelots
extrayaient Ben-Omar des profondeurs de sa
cabine. Dans quel état ! Ce n'était plus qu'un
squelette... ou plutôt une momie, puisque la
peau tenait encore à l'ossature de l'infortuné
notaire !

XII

*Dans lequel Saouk se décide à sacrifier une moitié du tré-
sor de Kamylk-Pacha, afin de s'assurer l'autre moitié.*

Et lorsque Gildas Trégomain pria Juhel de
lui indiquer sur la carte de son atlas le point
précis où se trouvait Mascate, il ne put en croire
ses yeux. L'ex-patron de la *Charmante-Amélie*, le marinier de la Rance, transporté en cet
endroit... si loin... si loin... jusque dans les
mers du continent asiatique !

« Ainsi, Juhel, nous sommes au bout de
l'Arabie ?... demanda-t-il en ajustant son
pince-nez.

— Oui, monsieur Trégomain, à l'extrémité
sud-est.

— Et ce golfe-là, qui finit en entonnoir ?...

— C'est le golfe d'Oman.

— Et cet autre golfe qui a l'air d'un gigot de présalé?...

— C'est le golfe Persique.

— Et le détroit qui les réunit?...

— C'est le détroit d'Ormuz.

— Et l'ilot de notre ami?...

— Il doit être quelque part dans le golfe d'Oman...

— S'il y est! » répliqua le gabarier, après s'être assuré que maitre Antifer ne pouvait l'entendre.

L'imanat de Mascate, compris entre les cinquante-troisième et cinquante-septième méridiens, et entre les vingt-deuxième et vingt-septième parallèles, se développe sur une longueur de cinq cent quarante kilomètres et une largeur de deux cent quatre-vingts. Il convient d'y ajouter une première zone de la côte persane de Laristan à Moghistan, une seconde zone sur le littoral d'Ormuz et de Kistrim; de plus, en Afrique, toute la partie qui s'étend depuis l'Équateur jusqu'au cap Delgado, avec Zanzibar, Juba, Molinde, Sofala. Tout compte fait, c'est un État de cinq cent mille kilomètres carrés — presque la surface de la France, — avec dix millions d'habitants, des Arabes, des Persans, des Hindous, des Juifs, et bon nombre de nègres. L'iman est donc un souverain qui mérite certaine considération.

En remontant le golfe d'Oman, après avoir pris direction sur Mascate, l'*Oxus* avait longé un littoral désolé, stérile, bordé de hautes falaises perpendiculaires, — on eût dit des ruines de constructions féodales. Un peu en arrière, s'arrondissaient quelques collines de cinq cents mètres d'élévation, premières assises de la chaîne de Gébel-Achdar, qui se profilent à trois mille pieds d'altitude. Rien d'étonnant à ce que ce pays soit aride, puisqu'il n'est arrosé d'aucun cours d'eau d'une réelle importance. Cependant les environs de la capitale suffisent à nourrir une population de soixante mille habitants. Dans tous les cas, ce ne sont pas les fruits qui manquent, raisins, mangues, pêches, figues, grenades, melons d'eau, citrons aigres et doux, et surtout les dattes dont il y a à profusion. Le dattier est par excellence l'arbre de ces terroirs arabes. C'est d'après lui qu'on estime la valeur des propriétés, et l'on dit un bien de trois ou quatre mille dattiers, comme on dit en France un domaine de deux ou trois cents

14

hectares. Quant à l'imanat, il est d'autant plus commerçant que l'iman est non seulement le chef de l'État et le grand-prêtre de la religion, mais aussi le premier négociant du pays. Son royaume ne compte pas moins de deux mille navires jaugeant trente-sept mille tonnes. Sa marine militaire possède une centaine de bâtiments pourvus de plusieurs centaines de canons. Son armée est de vingt-cinq mille hommes. Quant à ses revenus, ils s'élèvent à près de vingt-trois millions de francs. En outre, propriétaire de cinq vaisseaux, il peut réquisitionner les navires de ses sujets, et les employer aux besoins de ses affaires, — ce qui lui permet de donner à celles-ci une superbe extension.

Du reste, l'iman est maître absolu dans l'imanat, lequel, d'abord conquis par Albuquerque en 1507, a secoué la domination portugaise. Ayant retrouvé son indépendance depuis un siècle, il est très soutenu par les Anglais, qui espèrent sans doute, après le Gibraltar d'Espagne, le Gibraltar d'Aden, le Gibraltar de Périm, créer le Gibraltar du golfe Persique. Ces tenaces Saxons finiront par « gibraltariser » tous les détroits du globe.

Est-ce que maître Antifer et ses compagnons avaient « pioché » leur Mascate au point de vue politique, industriel et commercial, avant de quitter la France?

Pas le moins du monde.

Est-ce que le pays pouvait les intéresser?

En aucune façon, puisque leur attention était uniquement concentrée sur un des îlots du golfe.

Mais l'occasion n'allait-elle pas s'offrir à eux d'étudier dans une certaine mesure l'état actuel de ce royaume?

Oui, puisqu'ils comptaient se mettre en rapport avec l'agent représentant la France en ce coin de l'Arabie.

Il y a donc un de nos agents à Mascate?

Il y en a un depuis le traité de 1841, traité qui fut signé entre l'iman et le gouvernement français.

Et à quoi sert-il cet agent?

Précisément à renseigner ses nationaux, lorsque leurs affaires les amènent jusqu'au littoral de l'océan Indien.

Pierre-Servan-Malo crut donc opportun de rendre visite à cet agent. En effet, la police du pays, très bien organisée et par conséquent très soupçonneuse, aurait pu suspecter l'arrivée de trois étrangers à Mascate, si ceux-ci n'eussent donné un prétexte valable à leur voyage. Seulement, il allait de soi qu'ils se garderaient bien d'indiquer le véritable.

L'*Oxus* devait continuer vers Bombay après quarante-huit heures de relâche. Aussi maître Antifer, le gabarier et Juhel débarquèrent-ils immédiatement. Ils ne se préoccupèrent en aucune façon, d'ailleurs, de Ben-Omar et de Nazim. A ceux-ci de se tenir au courant de leurs pas et démarches, de se joindre à eux, lorsqu'ils commenceraient les recherches dans le golfe.

Maître Antifer en tête, Juhel au milieu, Gildas Trégomain à l'arrière-garde, précédés d'un guide, se dirigèrent vers un hôtel anglais, à travers les places et les rues de la Babylone moderne. Les bagages suivaient. Quel soin on prit du sextant et du chronomètre achetés à Saint-Malo — du chronomètre surtout! Un Saint-Sacrement, sous un dais, n'eût pas été porté avec plus de respect, — on pourrait dire de ferveur, — par maître Antifer qui avait voulu s'en charger. Songez donc! l'instrument qui permettrait de déterminer la

longitude du fameux ilot. Avec quelle ponc-
tualité on l'avait remonté chaque jour ! Que
de précautions pour lui épargner des secousses
qui auraient pu influer sur sa marche. Un mari
n'aurait pas montré plus de sollicitude pour sa
femme que notre Malouin en avait pour cet
instrument, destiné à conserver l'heure de
Paris.

Ce qui causait le plus vif étonnement au
gabarier débarqué à Mascate, c'était de s'y
voir, comme le doge de Gênes au milieu de
la cour de Louis XIV.

Après avoir choisi leurs chambres, nos voyageurs se rendirent aux bureaux de l'agent, lequel fut assez surpris à la vue des trois Français, qui apparurent sur le seuil de sa porte.

C'était un Provençal, d'une cinquantaine
d'années, nommé Joseph Bard. Il faisait le
commerce des cotons blancs et manufacturés,
des châles de l'Inde, des soieries de Chine, des
étoffes brodées d'or et d'argent, articles fort
recherchés des riches Orientaux.

Des Français chez un Français, alors que
celui-ci est natif de la Provence, la connaissance est vite faite, et les rapports sont rapidement établis.

14.

Maître Antifer et ses compagnons avaient en premier lieu décliné leurs noms et qualités. Après échange de poignées de main et offre de rafraîchissements, l'agent demanda à ses visiteurs quel était l'objet de leur voyage.

« J'ai rarement l'occasion de recevoir des compatriotes, dit-il. C'est donc un plaisir pour moi de vous accueillir, Messieurs, et je me mets entièrement à votre disposition.

— Nous vous en saurons gré, répondit maître Antifer, car vous pouvez nous être très utile en nous donnant des renseignements sur le pays.

— S'agit-il d'un simple voyage d'agrément?...

— Oui et non... monsieur Bard. Nous sommes marins tous les trois, mon neveu, capitaine au long cours, Gildas Trégomain, un ancien commandant de la *Charmante-Amélie...* »

Et, cette fois, à l'extrême satisfaction de son ami, déclaré « commandant », maître Antifer parlait de la gabare comme s'il se fût agi d'une frégate ou d'un vaisseau de guerre.

« Et, moi, capitaine au cabotage, ajouta-t-il. Nous avons été chargés par une importante maison de Saint-Malo de fonder un comptoir soit à Mascate, soit dans l'un des ports du golfe d'Oman ou du golfe Persique.

— Monsieur, répondit Joseph Bard, très disposé à intervenir dans une affaire dont il devait tirer certains bénéfices, je ne puis qu'approuver vos projets et vous offrir mes services pour les conduire à bonne fin.

— En ce cas, dit alors Juhel, nous vous demanderons si c'est à Mascate même qu'il conviendrait de créer un comptoir de commerce ou dans une autre ville du littoral?...

— A Mascate, de préférence, répondit l'agent. Ce port voit son importance s'accroître chaque jour par ses relations avec la Perse, l'Inde, Maurice, la Réunion, Zanzibar et la côte d'Afrique.

— Et quels sont les articles d'exportation? demanda Gildas Trégomain.

— Dattes, raisins secs, soufre, poissons, copal, gomme d'Arabie, écailles, cornes de rhinocéros, huile, cocos, riz, millet, café et confitures.

— Confitures?... répéta le gabarier, qui laissa sensuellement apparaître le bout de sa langue entre ses lèvres.

— Oui, monsieur, répondit Joseph Bard, de ces confitures qu'on appelle « hulwah » dans le pays, et qui sont composées de miel, de sucre, de gluten et d'amandes.

— Nous y goûterons, mes amis...

— Tant que tu voudras, poursuivit maître Antifer, mais revenons à la question. Ce n'est pas pour manger des confitures que nous sommes venus à Mascate. Monsieur Bard a bien voulu nous citer les principaux articles de commerce...

— Auxquels il convient d'ajouter la pêche des perles dans le golfe Persique, répondit l'agent, pêche dont la valeur s'élève annuellement à huit millions de francs... »

On aurait pu voir la bouche de maître Antifer dessiner une sorte de moue dédaigneuse. Des perles pour huit millions de francs, la belle affaire aux yeux d'un homme qui possédait pour cent millions de pierres précieuses !

« Il est vrai, reprit Joseph Bard, le commerce de perles est entre les mains de marchands hindous, qui ne laisseraient pas s'établir une concurrence.

— Même hors de Mascate ? dit Juhel.

— Même hors de Mascate, où les commerçants, je dois l'avouer, ne verraient point d'un bon œil s'installer les étrangers... »

Juhel profita de cette réponse pour amener la conversation sur un autre terrain.

En effet, la capitale de l'imanat est exactement située par 50° 20' de longitude est et 23° 38' de latitude nord. Il en résultait que, d'après les coordonnées de l'îlot, c'était au delà qu'il fallait en chercher le gisement. L'essentiel était donc de quitter Mascate sous prétexte de découvrir un lieu favorable à la fondation d'un prétendu comptoir malouin. Aussi Juhel, après avoir observé qu'avant de se fixer à Mascate, il serait sage de visiter les autres villes de l'imanat, demanda-t-il quelles étaient celles qui se trouvaient sur le littoral.

« Il y a Oman, répondit Joseph Bard.

— Au nord de Mascate?...

— Non, dans le sud-est.

— Et dans le nord...

— La ville la plus considérable est Rostak.

— Sur le golfe?...

— Non, à l'intérieur.

— Et sur le littoral?...

— C'est Sohar.

— A quelle distance d'ici?. .

— A deux cents kilomètres environ. »

Un clignement d'yeux de Juhel fit comprendre à son oncle l'importance de cette réponse.

« Et Sohar... est-ce une ville commerçante?...

— Très commerçante. L'iman y réside quelquefois, lorsque telle est la fantaisie de Sa Hautesse...

— Sa Hautesse! » fit Gildas Trégomain.

Et, visiblement, cette qualification sonna d'une agréable façon aux oreilles du gabarier. Peut-être doit-elle être réservée uniquement au Grand-Turc; mais Joseph Bard crut de bon goût de l'appliquer à l'iman.

« Sa Hautesse est à Mascate, ajouta-t-il, et, lorsque vous aurez fait choix d'une ville pour votre comptoir, messieurs, il conviendra de solliciter une autorisation...

— Que Sa Hautesse ne nous refusera pas, je l'espère? répliqua le Malouin.

— Au contraire, répondit l'agent, et elle s'empressera de vous l'accorder moyennant finances. »

Le geste de maître Antifer indiqua qu'il était prêt à payer royalement.

« Comment se rend-on à Sohar? demanda Juhel.

— En caravane.

— En caravane!... s'écria le gabarier un peu inquiet.

— Eh! fit observer Joseph Bard, nous n'avons encore ni railways, ni tramways dans l'imanat, pas même, de diligences. La route se fait en charrette ou à dos de mulet, à moins qu'on ne préfère aller à pied...

— Ces caravanes ne partent sans doute qu'à des intervalles éloignés? demanda Juhel.

— Pardonnez-moi, monsieur, répondit l'agent. Le commerce est très actif entre Mascate et Sohar, et demain, précisément...

— Demain?... répliqua maître Antifer. C'est parfait, et demain nous nous encaravanerons. »

La perspective de s' « encaravaner », comme disait son ami, était-elle pour réjouir Gildas Trégomain? Il eût été permis de n'en rien croire à la grimace qui modifia sa bonne figure. Mais il n'était pas venu à Mascate pour faire résistance, et il dut se résigner à voyager dans ces conditions un peu pénibles.

Cependant il crut devoir demander à pré-

senter une observation relative au trajet entre
Mascate et Sohar.

« Va, gabarier, répondit maître Antifer.

— Eh bien, dit Gildas Trégomain, nous
sommes tous trois des marins, n'est-ce pas?...

— Tous trois, répliqua son ami, non sans
cligner de l'œil à l'adresse de l'ex-patron de
la *Charmante-Amélie*.

— Je ne vois pas, dès lors, poursuivit le
gabarier, pourquoi nous n'irions pas par mer
à Sohar. Deux cents kilomètres... avec une
solide embarcation...

— Pourquoi non? dit maître Antifer. Gildas
a raison. Ce serait du temps de gagné...

— Sans doute, répondit Joseph Bard, et je
serai le premier à vous conseiller d'aller par
mer, si cela n'offrait certains dangers...

— Lesquels?... demanda Juhel.

— Le golfe d'Oman n'est pas très sûr,
messieurs. Peut-être à bord d'un navire de
commerce, pourvu d'un nombreux équipage,
n'y aurait-il rien à craindre...

— Craindre?... s'écria maître Antifer. Craindre des coups de vent... des bourrasques?...

— Non... des pirates, qui ne sont pas rares
aux approches du détroit d'Ormuz...

BOUTIQUES A MASCATE.

—Diable! » fit le Malouin.

Et il faut lui rendre cette justice, c'est qu'il
ne songeait à s'effrayer des pirates que pour
le retour, lorsqu'il serait en possession de son
trésor.

Bref, sur cette observation de l'agent, nos
voyageurs, bien résolus à ne point choisir la
voie de mer pour revenir, jugèrent qu'il était
inutile de la prendre pour aller. On partirait
avec une caravane, on reviendrait avec une
autre, puisque cette combinaison offrait toute
sécurité. Gildas Trégomain dut dès lors accepter de cheminer par terre ; mais, *in petto*,
il éprouvait quelque inquiétude sur la façon
dont il serait véhiculé.

L'entretien se borna là. Les trois Français
furent très satisfaits de l'agent de France. A
leur retour, ils viendraient lui faire visite, ils
le tiendraient au courant de leurs démarches,
ils n'agiraient que d'après ses avis. Ce rou-
blard d'Antifer laissa même entendre que la
fondation d'un comptoir pouvait produire
d'importantes commissions desquelles profite-
rait la caisse de l'agence.

Avant de se séparer, Joseph Bard renouvela
la recommandation de se présenter devant Sa

Hautesse, s'offrant d'ailleurs à obtenir une audience pour ces étrangers de distinction.

Les susdits étrangers de distinction reprirent ensuite le chemin de l'hôtel.

Pendant ce temps, dans une chambre du même hôtel, Ben-Omar et Nazim conféraient entre eux. Cette conférence, on le croira volontiers, était agrémentée des multiples bourrades et rudes propos de Saouk.

Le soi-disant clerc et le notaire étaient arrivés à Mascate. Bien. Mais ils ignoraient encore si Mascate était le terme du voyage. Maître Antifer ne devait-il pas aller au delà ? C'était à cet imbécile d'Omar de le savoir, puisqu'il en avait le droit, et, à ce sujet, il n'était pas plus avancé que le faux Nazim.

« Voilà ce que c'est que d'avoir été bêtement malade pendant la traversée ! répétait Nazim. Est-ce que tu n'aurais pas mieux fait d'être bien portant ? »

C'était aussi l'avis du notaire... comme pareillement de causer avec ce coquin de Français, de pénétrer ses secrets, d'apprendre où était déposé le trésor ?...

« Que Votre Excellence se calme, répondit Ben-Omar. Aujourd'hui même, je verrai mon-

sieur Antifer... et j'apprendrai... Pourvu qu'il
ne s'agisse pas de se rembarquer!... »

Du reste, de connaître l'endroit où le légataire de Kamylk-Pacha dirigerait les recherches
qui devaient le mettre en possession du legs,
cela ne pouvait être mis en question. Puisque
le testament lui imposait la présence de l'exécuteur testamentaire, lequel n'était autre que
Ben-Omar, maître Antifer ne refuserait pas de
lui répondre catégoriquement. Mais, lorsque
l'îlot serait atteint, lorsqu'il aurait livré les
trois précieux barils, comment Saouk par-
viendrait-il à en dépouiller son possesseur?
A cette demande que lui avait plus d'une fois
posée le notaire, il n'avait jamais répondu,
par la raison qu'il n'aurait su comment répondre. Ce qui n'était que trop certain, c'est
qu'il ne répugnerait à aucun moyen pour
s'emparer d'une fortune qu'il considérait
comme sienne, et dont Kamylk-Pacha l'avait
frustré au profit d'un étranger. Et c'est bien
ce qui effrayait Ben-Omar, simple tabellion
doux et conciliant, auquel déplaisaient les
coups de force, sachant que Son Excellence
se souciait de la vie d'un homme comme
d'une vieille figue sèche. Dans tous les cas,

l'essentiel était d'abord de suivre les trois Malouins pas à pas, de ne point les perdre de vue au cours de leurs investigations, d'assister à l'exhumation du trésor... et, lorsque ce dernier serait entre leurs mains, d'agir suivant les circonstances.

Cela dûment arrêté, après avoir proféré des menaces terribles contre Ben-Omar, après avoir répété qu'il le rendait responsable de ce qui arriverait, Son Excellence sortit, en lui recommandant de guetter le retour de maître Antifer à l'hôtel.

Ce retour ne s'effectua que dans la soirée, assez tard. Gildas Trégomain et Juhel s'étaient donné le plaisir de flâner à travers les rues de Mascate, tandis que maître Antifer — en imagination — se promenait à quelques centaines de kilomètres de là, dans l'est de Sohar, du côté de son îlot. Inutile de l'interroger sur l'impression que lui produisait la capitale de l'imanat, si les rues en étaient animées, si les boutiques paraissaient achalandées, si cette population d'Arabes, d'Indiens, de Persans, présentait quelque type original. Il n'avait rien voulu regarder, tandis que Juhel et le gabarier prenaient intérêt à tout ce qu'ils

voyaient de cette ville restée si orientale.
Aussi s'étaient-ils arrêtés devant les magasins
où s'entassaient les marchandises de toutes
sortes, des turbans, des ceintures, des man-
teaux de laine, des toiles écrues de coton, de
ces jarres qu'on appelle « mertaban », et dont
le coloriage resplendit sous leur émail. A la
vue de ces belles choses, Juhel songeait au
plaisir que sa chère Énogate aurait à les
posséder. Quel souvenir ce serait pour elle
de ce voyage survenu si mal à propos! Et
ces bijoux, curieusement travaillés, ces riens
d'une valeur artistique, ne serait-elle pas
plus heureuse en les recevant de son fiancé,
oui!... plus heureuse qu'en se parant des diamants de son oncle?

C'était aussi l'idée de Gildas Trégomain.
et il disait à son jeune ami :

« Nous achèterons ce collier pour la petite,
et tu le lui donneras au retour.

— Au retour! répondit Juhel en soupirant.

— Et aussi cette bague qui est si jolie...
que dis-je, une bague... dix bagues... une à
chacun de ses doigts...

— A quoi pense-t-elle, ma pauvre Énogate?
murmurait Juhel.

— A toi, mon garçon, bien sûr, à toi et toujours !

— Et nous sommes séparés par des centaines et des centaines de lieues...

— Ah ! interrompit le gabarier, ne pas oublier de lui choisir un pot de ces fameuses confitures que M. Joseph Bard nous a vantées...

— Mais, reprit Juhel, il serait peut-être à propos d'y goûter avant d'en faire emplette...

— Non, mon garçon, non ! répliqua Gildas Trégomain. J'entends qu'Énogate y goûte la première...

— Et si elle les trouve mauvaises ?...

— Elle les trouvera délicieuses, puisque c'est toi qui les aura rapportées de si loin ! »

Comme l'excellent marinier connaissait bien le cœur des jeunes filles, quoiqu'aucune d'elles — ni de Saint-Malo ni de Saint-Servan ni de Dinard — n'eût jamais eu l'idée de devenir madame Trégomain !

Enfin, tous deux ne regrettèrent pas leur promenade à travers cette capitale de l'imanat, dont plus d'une grande cité européenne pourrait envier la bonne tenue et la propreté — à l'exception de sa ville natale que Pierre-

Servan-Malo considérait comme l'une des premières du monde.

Ce que Juhel put remarquer, du reste, c'est que la police y était sévèrement exercée par de nombreux agents qui ne laissaient pas d'être très soupçonneux.

Aussi, ces agents ne manquaient-ils pas d'observer les allées et venues de ces étrangers, débarqués à Mascate, et n'ayant rien dit de ce qui les amenait. Seulement, au contraire des polices tracassières de certains États européens, qui exigent des présentations de passeports, imposent des interrogatoires intempestifs, celle-ci se bornerait probablement à suivre les trois Malouins aussi loin qu'il leur plairait d'aller, s'abstenant de questions indiscrètes. En effet, c'est bien ce qui devait se produire, et, maintenant qu'ils avaient posé le pied sur le territoire de l'imanat, ils ne le quitteraient pas sans que l'iman eût été mis au courant de leurs projets.

Heureusement maître Antifer ne le soupçonnait pas, car il eût éprouvé de justes craintes pour le dénouement de son aventure. Cent millions à retirer d'un îlot du golfe d'Oman, Sa Hautesse, très soucieuse de ses intérêts, ne le permettrait point. En Europe, si l'État prélève une demi-part d'un trésor trouvé, en Asie, le souverain, qui est l'État, n'hésite pas à prendre la part tout entière.

Par exemple, une question assez imprudente, ce fut celle que Ben-Omar crut devoir adresser à maître Antifer, lorsque celui-ci fut rentré à l'hôtel. Ayant entre-bâillé la porte de la chambre — discrètement, — il dit de sa voix insinuante :

« Pourrai-je savoir ?...

— Quoi ?

— Savoir, monsieur Antifer, quelle direction nous allons suivre ?...

— Première rue à droite, seconde à gauche, et ensuite toujours tout droit... »

Puis, là-dessus, maître Antifer repoussa brusquement sa porte.

XIII

Dans lequel le gabarier Trégomain navigue assez
heureusement sur un « vaisseau du
désert ».

Le lendemain, 23 mars, dès l'aube, une caravane quittait la capitale de l'imanat, et suivait la route à proximité du littoral.

Une véritable caravane, et telle que le gabarier n'en avait jamais vu défiler à travers
les landes d'Ille-et-Vilaine. Il fit cet aveu à
Juhel, lequel ne s'en étonna point. Cette caravane comptait une centaine d'Arabes et
d'Hindous, plus des bêtes de somme en nombre
à peu près égal. Avec cette force numérique,
les périls du voyage étaient conjurés. Il n'y
aurait pas à s'inquiéter d'un coup de main des
pirates de terre, moins dangereux, d'ailleurs,
que les pirates de mer.

Parmi les indigènes, on remarquait deux ou trois de ces financiers ou négociants, dont l'agent français avait parlé. Ils voyageaient sans apparat, uniquement préoccupés des affaires qui les appelaient à Sohar.

Quant à l'élément étranger, il était représenté par les trois Français, maître Antifer, Juhel, Gildas Trégomain, et les deux Égyptiens, Nazim et Ben-Omar.

Ces derniers n'avaient eu garde de manquer le départ de la caravane. Ayant appris, puisque maître Antifer ne s'en cachait pas, que celui-ci devait partir le lendemain, ils s'étaient préparés en conséquence. Il va de soi que le Malouin ne s'était aucunement inquiété de Ben-Omar et de son clerc. A eux de le suivre comme ils l'entendraient, et sans qu'il eût à en prendre souci. Son intention bien arrêtée était de ne pas avoir l'air de les connaître. Lorsqu'il les aperçut au milieu de la caravane, il ne les honora même pas d'un salut, et, sous son regard menaçant, le gabarier n'osa tourner la tête de leur côté.

Les bêtes qui servaient au transport des voyageurs et des marchandises étaient de trois sortes : chameaux, mulets, ânes. On aurait en vain songé à utiliser un véhicule quelconque, fût-ce une charrette rudimentaire. Comment le véhicule eût-il pu rouler sur un sol cahoteux, dépourvu de routes frayées, marécageux parfois, comme le sont ces prairies humides auxquelles on donne le nom de « mauves ». Tout le monde était monté selon sa convenance.

Deux mulets de moyenne taille, vigoureux et ardents, portaient l'oncle et le neveu. Les loueurs de Mascate, des juifs très entendus en affaires, leur avaient fourni ces montures habituées au train des caravanes, — à un bon prix, cela va sans dire. Maître Antifer devait-il regarder à quelques centaines de pistoles de plus ou de moins ? Non, évidemment. Toutefois, pour n'importe quelle somme, on ne put trouver un mulet dont la solidité fût en rapport avec le poids de Gildas Trégomain. Sous cette masse humaine, pendant un trajet de cinquante lieues, aucun représentant de la race mulassière n'eût été en état de résister. De là, nécessité de se pourvoir d'un animal plus robuste pour le service de l'ex-patron de la *Charmante-Amélie*.

« Sais-tu que tu es embarrassant, gabarier?

lui avait dit poliment maître Antifer, après avoir renvoyé les mulets qui furent successivement essayés.

— Que veux-tu, mon ami?... Il ne fallait pas m'obliger à t'accompagner!... Laisse-moi à Mascate où je t'attendrai...

— Jamais !

— Je ne peux pourtant pas me faire transporter en plusieurs morceaux...

— Monsieur Trégomain, avait demandé Juhel, auriez-vous de la répugnance à employer un chameau?

— Aucune, mon garçon, si le chameau n'en éprouvait pas à me servir de monture.

— C'est une idée, s'était écrié maître Antifer. Il sera très bien sur un de ces chameaux...

— Si justement appelés « vaisseaux du désert! » avait ajouté Juhel.

— Va pour le vaisseau du désert! » s'était contenté de répondre l'accommodant gabarier.

Et voilà comment, ce jour-là, sur un colossal échantillon de ces ruminants, entre les deux bosses du robuste animal, était achevalé Gildas Trégomain. Cela ne lui déplaisait pas.

Même, à sa place, peut-être un autre en eût-il été très fier. S'il éprouva ce sentiment bien légitime, il n'en montra rien, et ne songea qu'à gouverner au mieux son vaisseau, à épargner des embardées inutiles, à le tenir en bonne direction. Sans doute, lorsque la caravane prenait une allure plus rapide, le train de la bête ne laissait pas d'être rude. Mais les assises charnues du gabarier étaient suffisantes pour amortir ces coups de tangage.

A l'arrière de la caravane, où il restait de préférence, Saouk montait un mulet un peu vif, en cavalier rompu à ce genre d'exercice. Près de lui, ou du moins mettant toute son attention à ne point être distancé, Ben-Omar chevauchait un petit âne, ses pieds rasant presque la terre, — ce qui devait exempter de gravité les chutes éventuelles. Enfourcher un mulet?... Jamais le notaire n'avait pu s'y décider. Il serait tombé de trop haut. D'ailleurs, ces mulets arabes sont fringants, impétueux, capricieux, et il faut une main énergique pour les maîtriser.

La caravane marchait de manière à franchir une étape d'une dizaine de lieues par journée, coupée d'une halte de deux heures au moment

de la méridienne. En quatre jours, elle aurait
atteint Sohar, s'il ne se produisait aucun retard.

Quatre jours, voilà qui devait paraître d'une
interminable longueur à maître Antifer, toujours éperonné par l'obsession de son îlot. Et
pourtant il touchait au terme de son aventureux voyage... Quelques traites encore, et il
serait au but... Pourquoi donc se sentait-il
plus nerveux, plus inquiet, à mesure qu'il approchait de l'instant décisif? Ses compagnons
n'arrivaient pas à tirer une parole de lui. Ils
en étaient réduits à causer entre eux.

Et, du haut de son ruminant, se balançant
d'une bosse à l'autre, voici que le gabarier fit
cette réflexion :

« Juhel, de toi à moi, est-ce que tu crois
au trésor de Kamylk-Pacha?

— Hum! répondit Juhel, cela m'a la mine
d'être par trop fantasmagorique !

— Juhel... s'il n'y avait pas d'îlot?...

— Et, en admettant qu'il y eût un îlot,
monsieur Trégomain, s'il n'y avait pas de trésor?... Mon oncle serait obligé d'imiter ce fameux capitaine marseillais, parti pour Bourbon, et qui, faute d'avoir trouvé Bourbon, était
revenu à Marseille !

— Voilà qui lui serait un coup terrible, Juhel, et je ne sais si son cerveau y résiste-
rait ! »

On croira volontiers que le gabarier et son
jeune ami se gardaient de discuter ces hypo-
thèses en présence de maître Antifer. A quoi
bon ? Rien n'aurait pu ébranler les convictions
de cet entêté. Douter que les diamants et autres pierres d'une valeur énorme fussent à
l'endroit où Kamylk-Pacha les avait enfouis
sur cet îlot dont il connaissait la situation
exacte, cela ne fût jamais entré dans sa pensée. Non, et il s'inquiétait uniquement de certaines difficultés d'exécution pour mener à
bonne fin sa campagne.

En effet, le voyage d'aller était relativement facile. Il s'accomplirait sans encombres,
c'était probable. Une fois à Sohar, on verrait
à se procurer une embarcation, on irait à la
découverte de l'îlot, on déterrerait les trois
barils... Il n'y avait rien là qui fût de nature
à tracasser un esprit aussi résolu que celui
de notre Malouin. Se transporter de sa personne, accompagné du gabarier et de Juhel,
au milieu d'une caravane, quoi de plus facile ?
Il était supposable également que la translation

du trésor depuis l'îlot jusqu'à Sohar ne ren-
contrerait aucun obstacle. Mais, pour revenir
à Mascate, ces barils emplis d'or et de pierres
précieuses, il faudrait les charger sur des chameaux de bât, à l'instar de ces marchandises
dont le transit s'opère le long du littoral... Et
comment les embarquerait-on sans éveiller
l'attention des agents de douane... sans se voir
contraint à quelque énorme paiement de
droits?... Qui sait même si l'iman ne serait
pas tenté de les accaparer, de se déclarer propriétaire absolu d'un trésor découvert sur ses
territoires? Car maître Antifer avait beau dire
« mon îlot », l'îlot ne lui appartenait pas...
Kamylk-Pacha n'avait pu le lui léguer, et, in-
contestablement, cet îlot faisait partie de
l'imanat de Mascate!

C'étaient là, sans parler des difficultés de
transport au retour, du réembarquement à
bord du prochain paquebot pour Suez, plusieurs raisons capitales de se sentir très per-
plexe. Aussi quelle idée absurde et intempes-
tive le riche Égyptien avait-il eue de confier
ses richesses à un îlot du golfe d'Oman?...
N'en existait-il pas d'autres par centaines, par
milliers, disséminés à la surface des mers,

fût-ce au milieu des innombrables groupes du
Pacifique, qui échappent à toute surveillance,
dont la propriété n'est revendiquée par personne, où l'héritier aurait pu si aisément recueillir son héritage sans éveiller aucun soupçon ?...

Bref, les choses étaient telles. Impossible
d'y rien changer. L'îlot occupait un point du
golfe d'Oman depuis la formation géologique
de notre sphéroïde, il y resterait jusqu'à la fin
du monde. Quel malheur qu'on ne pût lui
donner la remorque pour le conduire en vue
de Saint-Malo !... Voilà qui eût de beaucoup
simplifié la besogne.

On admettra donc que maître Antifer fût
en proie aux plus vifs soucis, lesquels se tra-
duisaient par des paroxysmes de rage intérieure. Ah! le déplorable compagnon de voyage,
au total, toujours marmonnant, ne répondant
point aux questions, chevauchant à l'écart,
gratifiant son mulet de quelque coup de ma-
traque parfois peu mérité... Et, franchement,
si le trop patient animal eût envoyé son cavalier à quatre pas d'un vigoureux mouvement
de reins, il n'y aurait pas eu lieu de lui en
vouloir.

Ce trouble de son oncle, Juhel le devinait sans oser intervenir. Gildas Trégomain, du haut de sa monture à double bosse, comprenait ce qui se passait dans le cerveau de son ami. Tous deux avaient dû renoncer à combattre un pareil ébranlement moral, et ils se regardaient, hochant la tête d'une façon significative.

Cette journée de début n'occasionna pas d'extrêmes fatigues. Cependant la température était déjà élevée sous cette latitude. Le climat de l'Arabie méridionale est excessif à la limite de ce tropique du Cancer, et très contraire au tempérament des Européens. Un vent brûlant, à travers un ciel dévoré de feux, souffle le plus généralement du côté des montagnes. La brise de mer est impuissante à le refouler. L'écran des hauteurs de Gebel se dresse vers l'ouest, et il semble que cette chaîne réverbère les rayons du soleil comme le ferait un immense récepteur. En outre, lorsque la saison torride bat son plein, les nuits sont étouffantes et le sommeil impossible.

Malgré cela, si les trois Français n'eurent pas trop à souffrir des deux premières étapes, c'est que la caravane chemina sur les plaines boisées, voisines du littoral. Les environs de Mascate n'offrent point l'aridité du désert. La végétation s'y développe avec une certaine exubérance. Il y a des champs cultivés en millet lorsque le sol est sec, en riz lorsque les marigots ramifient leurs veines liquides à sa surface. Puis l'ombrage ne manque pas sous les forêts de banians, entre ces mimosas qui produisent la gomme arabique, dont l'exportation a lieu sur une grande échelle, — l'une des principales richesses du pays.

Le soir, le campement fut établi au bord d'une petite rivière, alimentée par les sources des montagnes de l'ouest, qui promène ses eaux lentes vers le golfe. On débrida les bêtes, on les laissa paître à leur convenance, sans même prendre le soin de les entraver, tant elles sont habituées à ces haltes régulières. Pour ne parler que des personnages de cette histoire, l'oncle et le neveu abandonnèrent leurs mulets sur la pâture commune, — ce que Saouk fit également dès l'arrivée de la caravane. Le chameau du gabarier s'agenouilla comme un fidèle du Koran à l'heure de la prière du soir, et Gildas Trégomain, se désaffourchant, honora d'une bonne caresse le mufle de l'animal. Quant à l'âne de Ben-Omar, il s'arrêta brusquement, et, comme son cavalier ne descendait pas assez vite, il l'envoya rouler à terre par une inopinée saccade de son arrière-train. Le notaire tomba étendu de tout son long sur le sol, tourné vers la Mecque, dans l'attitude d'un musulman en prière. Il est probable, toutefois, qu'il songea plutôt à maudire sa bourrique qu'à célébrer Allah et son prophète.

Nuit exempte d'incidents, qui s'écoula dans ce campement situé à une quarantaine de kilomètres de Mascate, et lieu habituel de la halte des caravanes.

Le lendemain, dès les premières lueurs de l'aube, départ et reprise de la route dans la direction de Sohar.

Le pays est plus découvert. Jusqu'à l'horizon s'étendent de vastes plaines sur lesquelles le sable commence à remplacer l'herbe. Une apparence de Sahara avec tous ses inconvénients, rareté de l'eau, défaut d'ombre, fatigues du cheminement. Pour des Arabes, accoutumés à ces marches en caravane, ce voyage n'avait rien que d'ordinaire, et ils accomplissent ces longs trajets en plein cœur de l'été sous de plus accablantes températures. Mais comment des Européens supporteraient-ils cette épreuve?

Hâtons-nous de dire qu'ils s'en tirèrent sans dommage, — même le gabarier, dont la masse, quelques semaines plus tard, eût fondu sous les feux de ce soleil tropical. Bercé par l'allure régulière et le pas élastique de son chameau, il somnolait béatement entre les deux bosses. Solidement accoté, il avait si bien l'air d'être partie intégrante de l'animal qu'une chute n'était point à craindre. D'ailleurs, il n'avait pas tardé à reconnaître que son obligeante monture connaissait mieux que lui les difficultés de la route, et il ne cherchait plus à la diriger. La *Charmante-Amélie* ne marchait pas avec plus de sécurité, lorsqu'un attelage la remorquait le long du chemin de halage de la Rance.

Quant à Juhel, jeune et vigoureux, tandis qu'il parcourait ces territoires de l'imanat entre Mascate et Sohar, son esprit le reportait au milieu de sa chère ville bretonne, dans la rue des Hautes-Salles, devant cette maison où l'attendait Énogate... Pour ce qui est de la fameuse princesse que son oncle voulait lui faire épouser, il ne s'en inquiétait guère ! Jamais il n'aurait d'autre femme que sa jolie cousine ! Est-ce qu'il existait au monde une duchesse qui eût à lui être comparée, fût-elle de sang royal ?... Non, et les millions de Ka-mylk-Pacha n'y changeraient rien, en admettant que cette aventure ne fût pas un rêve des *Mille et une Nuits* parfaitement irréalisable. Il va sans dire que Juhel avait écrit à sa fiancée dès l'arrivée à Mascate. Mais quand cette lettre lui parviendrait-elle ?...

Maître Antifer parut encore plus soucieux ce jour-là que le jour précédent, et le lendemain, sans doute, il y aurait nouvelle aggravation. C'était toujours le transport des trois barils qui lui causait les plus vives alarmes, très justifiées, disons-le.

Et à quelles appréhensions ne se fût-il pas abandonné, s'il avait su que, dans la caravane même, il était l'objet d'une surveillance particulière ? Oui... il y avait là un indigène, âgé d'une quarantaine d'années, de physionomie très fine, qui, n'ayant jamais éveillé ses soupçons, s'était attaché à sa personne.

En effet, l'escale bi-mensuelle du paquebot de Suez à Mascate ne s'opérait pas sans que la police de l'iman y prit un intérêt spécial. En outre de la taxe imposée à tout étranger, qui veut fouler du pied le sol de l'imanat, le souverain éprouve une curiosité très orientale à l'égard des Européens qui lui rendent visite. Savoir l'objet de leur présence dans le pays, si leur intention est d'y séjourner, rien que de naturel... Aussi, lorsque les trois Malouins débarquèrent sur le quai, et après qu'ils se furent logés à l'hôtel anglais, le chef de la police n'hésita-t-il pas à les entourer d'une sage protection.

Or, comme nous l'avons fait observer, la police de Mascate, admirablement organisée en ce qui concerne la sécurité des rues, ne l'est pas moins lorsqu'elle surveille les voyageurs, qu'ils viennent par terre ou par mer. Elle se garde bien d'exiger d'eux des papiers en règle, dont les coquins sont toujours pourvus, de les soumettre à des interrogatoires auxquels ils sont préparés à répondre. Mais elle ne les perd pas de vue, elle les épie, elle les « file » avec une discrétion, une réserve, un tact qui font honneur à l'intelligence des Orientaux.

Il suit de là que maître Antifer était sous l'œil d'un agent, chargé de le suivre jusqu'où

16

il lui conviendrait d'aller. Sans le demander jamais, ce policier finirait par apprendre à quel dessein ces Européens étaient dans l'imanat. Si même ils se trouvaient embarrassés au milieu d'une population dont ils ne connaissaient pas la langue, il s'empresserait de leur offrir ses services avec une complaisance sans bornes. Puis, grâce à cette information, l'iman ne les laisserait repartir que s'il n'avait aucun intérêt à les garder pour une cause quelconque.

On le reconnaîtra, cette surveillance pouvait singulièrement entraver la grande opération de maître Antifer. Déterrer un trésor d'une valeur invraisemblable, le ramener à Mascate, l'embarquer sur le paquebot à destination de Suez, c'était déjà difficile. Mais, lorsque Sa Hautesse saurait à quoi s'en tenir, cela dépasserait forcément les limites du possible.

Par bonheur, — on ne saurait trop le répéter, — Pierre-Servan-Malo ignorait ce surcroît de complications futures. Le fardeau des soucis présents suffisait à l'accabler. Il ignorait, il ne se doutait guère qu'il voyageait sous le regard inquisiteur d'un agent de l'imanat. Ni ses deux compagnons ni lui n'avaient remarqué dans le

personnel de la caravane cet Arabe si réservé,
si discret, lequel les épiait sans entrer en communication avec eux.

Toutefois, si cette manœuvre avait échappé
à leur attention, peut-être n'en était-il pas de
même de Saouk. Le soi-disant clerc de Ben-
Omar, parlant l'arabe, avait pu entretenir quelques-uns des négociants qui se rendaient à
Sohar. Or, ces personnages, auxquels l'agent
de police n'était point inconnu, n'avaient pas
fait mystère de sa qualité. Le soupçon, dès lors,
était venu à Saouk que cet agent était attaché
à la personne de maître Antifer, et cela ne
manqua pas de lui causer certaines inquiétudes. En effet, s'il ne voulait pas que l'héritage de Kamylk-Pacha tombât entre les mains
d'un Français, il ne voulait pas davantage
qu'il tombât entre les mains de l'iman. Remarquons, d'ailleurs, que le policier ne suspectait
en aucune façon les deux Égyptiens, ne pouvant imaginer qu'ils marchaient au même but
que les trois Européens. Des voyageurs de leur
nationalité, il en venait souvent à Mascate.
On ne se défiait donc point de ceux-ci, — ce
qui prouve que la police n'est pas parfaite —
même dans l'imanat de Sa Hautesse.

Après une journée fatigante, coupée par la halte de midi, la caravane établit son campement un peu avant le coucher du soleil.

Il y avait là, près d'une sorte de lagon à demi-desséché, une des curiosités naturelles de la région. C'était un arbre, sous lequel la caravane tout entière pouvait s'abriter, et dont l'abri eût été fort apprécié en plein midi pour passer les heures de la méridienne. Les rayons du soleil n'auraient pu percer le dôme de ces frondaisons immenses, étendues comme un *velum* à une quinzaine de pieds au-dessus du sol.

« Un arbre tel que je n'en ai jamais vu!... s'écria Juhel, lorsque son mulet s'arrêta de lui-même sous les premières ramures.

— Et tel que je n'en reverrai probablement jamais! répondit le gabarier, en se redressant entre les bosses du chameau qui venait de s'agenouiller.

— Qu'en dites-vous, mon oncle? » demanda Juhel.

L'oncle n'en dit rien, par la raison qu'il n'avait rien vu de ce qui excitait la surprise de son ami et de son neveu.

« Il me semble bien, dit Gildas Trégomain,

que nous avons à Saint-Pol de Léon, dans un coin de notre Bretagne, une vigne phénoménale qui a quelque célébrité...

— Juste, monsieur Trégomain, mais elle ne saurait être comparée à cet arbre ! »

Non ! et si extraordinaire que soit la vigne de Saint-Pol de Léon, elle eût produit l'effet d'un simple arbrisseau auprès de ce géant végétal.

C'était un banian, — un figuier, si l'on veut, — d'une grosseur de tronc invraisemblable, cent pieds de circonférence au moins à le bien mesurer. De ce tronc, comme d'une tour, sortait une énorme fourche à décuple ramification, dont les branches s'enchevêtraient, se croisaient, se développaient, en couvrant de leur ombre la surface d'un demi-hectare. Immense parasol contre les rayons solaires, immense parapluie contre les averses, impénétrable aux feux comme aux eaux du ciel.

Si le gabarier en avait eu le temps, — car il en aurait eu la patience, — il se serait donné la satisfaction de compter les branches de ce banian. Combien y en avait-il?... Cela ne laissait pas de piquer sa curiosité.

Or, précisément, elle fut satisfaite. Voici dans quelles circonstances.

16.

Comme il examinait les basses branches du banian, se tournant, se retournant, la main tendue, les doigts redressés, il entendit ces mots prononcés derrière lui :

« *Ten thousand.* »

C'étaient deux mots anglais, que soulignait un fort accent oriental, et qu'il ne comprit pas, étant dans l'absolue ignorance de cette langue.

Mais Juhel savait l'anglais, et, après quelques mots à l'indigène qui venait de donner ce renseignement :

« Il paraît qu'il y a là dix mille branches ! dit-il en s'adressant au gabarier.

— Dix mille ?...

— C'est du moins ce que cet Arabe vient de dire. »

L'Arabe n'était autre que l'agent, mis aux trousses des étrangers pendant leur séjour dans l'imanat. Trouvant l'occasion bonne d'entrer en rapport avec eux, il en avait profité. Quelques demandes et autant de réponses furent encore échangées en langue anglo-saxonne entre Juhel et cet Arabe, lequel, s'étant présenté comme interprète attaché à la légation britannique de Mascate, se mit obligeamment à la disposition des trois Européens.

Juhel remercia l'indigène, et fit part à son oncle de cette circonstance, très heureuse à son avis pour les démarches qui suivraient leur arrivée à Sohar.

« Bien... bien!... se contenta de répondre maître Antifer. Arrange-toi pour le mieux avec cet homme, et dis-lui qu'on le paiera généreusement...

— A la condition qu'on trouve de quoi le payer! » murmura l'incrédule Trégomain.

Toutefois, si Juhel crut devoir se féliciter de cette rencontre, il est probable que Saouk s'en montra moins satisfait. De voir le policier en rapport avec les Malouins, c'était bien pour lui inspirer un surcroît d'inquiétudes, et il se promit de surveiller de très près les menées de cet indigène. Et encore, si Ben-Omar avait pu apprendre où l'on allait... si le voyage touchait à son terme... s'il devait se prolonger?... L'îlot gisait-il dans les parages du golfe d'Oman, dans le détroit d'Ormuz, dans le golfe Persique?... Faudrait-il le chercher le long des côtes de l'Arabie ou près du littoral de la Perse, jusqu'à la limite où le royaume du Shah confine aux États du Sultan?... Comment alors se feraient les opérations

et quelle durée exigeraient-elles?... Est-ce
que maître Antifer comptait s'embarquer [de
nouveau à Sohar?... Puisqu'il ne l'avait pas
fait à Mascate, cela ne semblait-il pas indiquer que les coordonnées plaçaient l'îlot au
delà du détroit d'Ormuz?... A moins que, par
caravane, le voyage dût se continuer vers
Chardja, vers El Kalif, peut-être jusqu'à Ko-
renc, au fond du golfe Persique?...

Cruelles incertitudes, troublantes hypo-
thèses, qui ne cessaient de surexciter le tempérament de Saouk, et dont le pauvre diable
de notaire subissait les contre-coups.

« Est-ce ma faute, répétait-il, si monsieur
Antifer s'entête à me traiter comme un étranger!... »

Comme un étranger? Non! pis que cela,
comme un intrus, dont la présence lui était
imposée par le testateur! Ah! sans le un pour
cent!... Mais ce un pour cent valait bien quelques épreuves!... Seulement, quand se termi-
neraient-elles?...

Le lendemain, la caravane traversa des
plaines sans fin, une sorte de désert dépourvu
d'oasis. Les fatigues furent extrêmes pendant
cette journée et les deux qui suivirent — fa-

tigues dues surtout à la chaleur. Le gabarier
put croire qu'il allait se dissoudre comme un
de ces blocs de glace des mers boréales qui
dérivent vers les basses latitudes. Très certainement, il perdit un dixième de son poids
spécifique, à l'évidente satisfaction du porteur
à deux bosses qu'il écrasait sous sa masse.

Aucun incident n'est à signaler pendant
ces dernières étapes. Ce qu'il faut noter, c'est
que l'Arabe, — il se nommait Sélik, — fit
plus ample connaissance avec Juhel, grâce à
leur commune pratique de la langue an-
glaise. Mais, que l'on se rassure, le jeune
capitaine se tint toujours dans une prudente
réserve et ne livra rien des secrets de son
oncle. La recherche d'une ville du littoral, favorable à l'établissement d'un comptoir, c'est-
à-dire la fable déjà imaginée pour l'agent français de Mascate, fut également servie au soi-
disant interprète.

Celui-ci y ajouta-t-il foi? Juhel dut le croire.
Il est vrai, le finaud ne jouait ce jeu que pour
en apprendre davantage.

Bref, dans l'après-midi du 27 mars, après
quatre jours et demi de cheminement, la caravane franchit l'enceinte de Sohar.

XIV

Dans lequel maître
Antifer, Gildas
Trégomain et Juhel
passent une très
ennuyeuse journée
à Sohar.

Il était heureux que nos trois Européens
fussent venus à Sohar, non pour leur agrément, mais pour leurs affaires. La ville ne
mérite pas d'être signalée à l'attention des
touristes, et la visite ne vaut pas le voyage :
des rues assez propres, cependant, des places
trop ensoleillées, un cours d'eau qui suffit à
peine aux besoins de quelques milliers d'habitants, lorsque les gosiers sont desséchés par
les ardeurs de la canicule, des maisons dissé-
minées un peu au hasard et qui ne prennent
jour que sur une cour intérieure à la mode
orientale, une bâtisse plus considérable, sans

aucun style, dépourvue de ces délicatesses de la sculpture arabe, mais dont l'iman veut bien se contenter, lorsqu'il s'accorde deux ou trois semaines de villégiature dans le nord de son royaume.

Quoi qu'il en soit de son peu d'importance, Sohar n'en existe pas moins sur le littoral du golfe d'Oman, et la meilleure preuve qu'on en puisse donner, c'est que sa position a été déterminée géographiquement avec toute la précision désirable.

La ville est située en longitude est par 54° 29′, et en latitude nord par 24° 37′.

Donc, en raison du gisement indiqué par la lettre de Kamylk-Pacha, il fallait chercher l'îlot à vingt-huit minutes d'arc dans l'est de Sohar, et à vingt-deux dans le nord. C'était une distance comprise entre quarante et cinquante kilomètres du littoral.

Les hôtels ne sont pas nombreux à Sohar. On n'y trouve même qu'une sorte de caravansérail, dans lequel quelques chambres ou plutôt quelques cellules, disposées circulairement, sont meublées d'une seule couchette. C'est là que l'interprète Sélik, si serviable, conduisit maître Antifer, son neveu et son ami.

« Quelle bonne fortune, répétait Gildas Trégomain, d'avoir rencontré ce complaisant Arabe ! Il est regrettable qu'il ne parle pas le français ou tout au moins le bas-breton ! »

Toutefois, Juhel et Sélik se comprenaient suffisamment pour ce qu'ils avaient à se dire.

Il va de soi que, ce jour-là, très fatigués de leur voyage, Juhel et le gabarier ne voulurent pas s'occuper d'autre chose que d'un bon repas qui serait suivi de douze heures de sommeil. Mais il ne fut pas facile d'amener Pierre-Servan-Malo à ce projet si raisonnable. De plus en plus aiguillonné par ses désirs dans le voisinage de son îlot, il n'entendait pas temporiser... Il voulait fréter une embarcation *hic et nunc !*... Se reposer, quand il n'avait qu'une enjambée à faire, — une enjambée d'une douzaine de lieues, il est vrai, — pour mettre le pied sur ce coin du globe où Kamylk-Pacha avait enterré ses affriolants barils !

Bref, il y eut une scène mouvementée, laquelle prouva à quel degré d'impatience, de nervosité, d'éréthisme devrait-on dire, en était arrivé l'oncle de Juhel. Enfin celui-ci parvint à l'apaiser... Il convenait de prendre certaines précautions... Tant de hâte pour-

rait paraître suspecte à la police de Sohar...
Le trésor ne s'envolerait pas d'ici vingt-
quatre heures...

« Pourvu qu'il y soit! se disait Gildas Trégomain. Mon pauvre ami en deviendrait fou,
s'il n'y était pas... ou s'il n'y était plus! »

Et les craintes du brave gabarier semblaient
devoir se justifier dans une certaine mesure.

Remarquons d'ailleurs que si maître Antifer, déçu dans ses espérances, risquait d'é-
chouer à la folie, cette même déception menaçait de produire sur Saouk un effet qui,
pour ne pas être identique, n'en aurait pas
moins de terribles conséquences. Le faux
Nazim se laisserait entraîner à des excès de
violence tels que Ben-Omar ne s'en tirerait
pas sans dommage. La fièvre de l'impatience
le galopait tout comme le Malouin, et l'on
peut affirmer que, cette nuit-là, il y eut au
moins deux voyageurs qui ne dormirent pas
dans leur cellule du caravansérail. Ne mar-
chaient-ils pas ensemble au même but par
deux chemins différents? Si l'un n'attendait
que le jour pour noliser une embarcation,
l'autre ne songeait qu'à enrôler une vingtaine
de coquins résolus, qu'il s'attacherait par

17

l'appât d'une forte prime, afin de tenter l'en-
lèvement du trésor pendant le retour à Sohar.

L'aube revint, annonçant, par l'épanouisse-
ment des premiers rayons solaires, cette mé-
morable journée du 28 mars.

Profiter des offres de Sélik était tout indiqué. A Juhel, bien entendu, revenait la tâche
de s'aboucher avec cet obligeant Arabe pour
conduire l'opération à bon terme. Celui-ci, de
plus en plus soupçonneux, avait passé la nuit
dans la cour du caravansérail.

Juhel n'était pas sans éprouver quelque embarras à propos du service qu'il voulait demander à Sélik. En effet, voilà trois étrangers, trois Européens, arrivés de la veille à
Sohar, qui se hâtaient de chercher une embarcation... Il s'agissait d'une promenade, —
car pouvait-on donner une autre prétexte? —
une promenade à travers le golfe d'Oman...
une promenade qui durerait à tout le moins
quarante-huit heures?... Est-ce que ce projet
ne semblerait pas singulier, et même plus
que singulier? Il est vrai, peut-être Juhel
s'inquiétait-il à tort de ce que l'interprète
pourrait trouver de bizarre dans sa proposition.

Quoi qu'il en soit, il fallait aboutir, et, dès qu'il eut rencontré Sélik, Juhel le pria de lui procurer une embarcation capable de tenir la mer pendant une couple de jours.

« Votre intention est-elle de traverser le golfe, demanda Sélik, et de débarquer sur la côte persane ? »

L'idée vint à Juhel d'éluder cette question par une réponse assez naturelle, qui devait écarter tout soupçon, même de la part des autorités de Sohar.

« Non... ce n'est qu'une exploration géographique, répliqua-t-il. Elle a pour objet de déterminer la situation des principaux îlots du golfe... Est-ce qu'il ne s'en trouve pas au large de Sohar?...

— Il y en a un certain nombre, répondit Sélik, mais aucun de quelque importance.

— N'importe, dit Juhel, avant de nous établir sur la côte, nous désirons visiter le golfe.

— Comme il vous plaira. »

Sélik se garda d'insister, bien que la réponse du jeune capitaine pût lui paraître suspecte. En effet, le policier étant au courant des projets annoncés à l'agent français, c'est-à-dire la fondation d'un comptoir dans une des villes littorales de l'imanat, il devait penser que cette fondation ne s'accordait guère avec une exploration des parages du golfe d'Oman.

Il en résulta donc que le Malouin et ses deux compagnons, plus sérieusement soupçonnés, allaient être l'objet d'une surveillance encore plus sévère.

Complication fâcheuse, qui devait rendre très problématique le succès de l'opération. Que le trésor fût découvert sur l'îlot, nul doute que la police de Sa Hautesse fût aussi tôt informée. Et Sa Hautesse, aussi peu scrupuleuse que toute-puissante, ferait disparaître le légataire de Kamylk-Pacha afin d'éviter toute réclamation ultérieure.

Sélik se chargea de trouver l'embarcation nécessaire à l'exploration du golfe, et promit qu'elle serait montée par un équipage sur le dévouement duquel on pourrait compter. Quant aux vivres, on en prendrait pour trois ou quatre jours. Avec ces temps incertains de l'équinoxe, il convenait de parer à des retards, sinon probables, du moins possibles.

Juhel remercia l'interprète et l'assura que ses services seraient largement récompensés.

Sélik se montra très sensible à cette promesse.
Puis, il ajouta :

« Peut-être vaudra-t-il mieux que je vous
accompagne pendant cette excursion? Dans
l'ignorance où vous êtes de la langue arabe,
vous pourriez être gênés vis-à-vis du patron
de l'embarcation et de ses hommes...

— Vous avez raison, répondit Juhel. Restez
à notre service tout le temps que nous sé-
journerons à Sohar, et, je vous le répète, vous
n'aurez point perdu vos peines. »

On se sépara. Juhel vint rejoindre son oncle, qui se promenait sur la grève en compagnie de l'ami Trégomain. Il lui fit part de ses
démarches. Le gabarier fut enchanté d'avoir
en qualité de guide et d'interprète ce jeune
Arabe, auquel il trouvait, non sans raison, une
physionomie des plus intelligentes.

Pierre-Servan-Malo approuva d'un simple
signe de tête. Puis, après avoir remplacé le
caillou usé par le frottement de ses mâchoires,
il dit :

« Et cette embarcation?...

— Notre interprète s'occupe de nous la procurer, mon oncle, et de la pourvoir de vivres.

— Il me semble qu'en une heure ou deux

un des bateaux du port peut être paré... que diable! Il ne s'agit pas de faire le tour du monde...

— Non, mon ami, répondit le gabarier, mais il faut donner aux gens le temps de trouver!... Ne sois pas si impatient, je t'en supplie...

— Et s'il me plaît de l'être!... riposta maître Antifer, qui dardait la flamme de son regard sur Gildas Trégomain.

— Alors sois-le! » répondit le gabarier en s'inclinant par déférence.

Cependant la journée s'avançait, et Juhel n'avait plus aucune nouvelle de Sélik. On devinera sans peine à quel degré dut monter l'irritation de maître Antifer. Il parlait déjà d'envoyer au fond du golfe cet Arabe qui s'était tout bonnement moqué de son neveu. En vain Juhel essaya-t-il de le défendre, il fut très mal accueilli. Quant à Gildas Trégomain, il reçut l'ordre de se taire, lorsqu'il voulut insister sur l'intelligence de Sélik.

« Un gueux, s'écria maître Antifer, un fripon, votre interprète, un malandrin qui ne m'inspire aucune confiance, et qui n'a qu'une idée, nous voler notre argent...

— Je ne lui ai rien donné, mon oncle.

— Eh ! c'est le tort que tu as eu !... Si tu lui avais remis un bel acompte...

— Puisque vous dites qu'il veut nous voler ?...

— N'importe !... »

De s'engager au milieu de ces idées contradictoires, Gildas Trégomain et Juhel ne l'essayèrent même pas. Ce qui importait, c'était de contenir le Malouin, de l'empêcher de faire quelque sottise ou du moins quelque imprudence, de lui conseiller une attitude qui ne donnât pas prise aux soupçons. Y réussiraient-ils, avec un homme qui ne voulait rien écouter ?... Est-ce qu'il n'y avait pas des barques de pêche amarrées dans le port ?... Est-ce qu'il ne suffisait pas d'en prendre une... de s'entendre avec l'équipage... de s'embarquer... d'appareiller... de mettre le cap au nord-est ?...

« Mais comment comprendre ces gens-là, répétait Juhel, puisque nous ne savons pas un mot d'arabe ?...

— Et qu'ils ne savent pas un mot de français ! ajouta le gabarier en insistant.

— Pourquoi ne le savent-ils pas ? riposta maître Antifer, au comble de la fureur.

— Ils ont tort... absolument tort, répondit
Gildas Trégomain, désireux d'apaiser son ami
par cette concession.

— Tout cela, c'est ta faute, Juhel!

— Non, mon oncle! J'ai fait pour le mieux,
et notre interprète ne peut tarder à nous rejoindre... Après tout, s'il ne vous inspire pas
confiance, utilisez Ben-Omar et son clerc, qui
parlent l'arabe... Les voilà sur le quai...

— Eux?... jamais!... C'est bien assez... c'est
déjà trop de les avoir à sa remorque!

— Ben-Omar a l'air de vouloir nous accoster, fit observer Gildas Trégomain.

— Eh bien, qu'il le fasse, gabarier, et je lui
promets une bordée à le couler bas! »

En effet, Saouk et le notaire manœuvraient
dans les eaux du Malouin. Lorsque celui-ci
avait quitté le caravansérail, ils s'étaient em-
pressés de le suivre. Leur devoir n'était-il pas
de ne point le perdre de vue, leur droit, d'assister au dénouement de cette entreprise fi-
nancière, qui menaçait de tourner au drame?

Aussi Saouk pressait-il Ben-Omar d'inter-
peller le terrible Pierre-Servan-Malo. Mais, à
voir l'état de fureur de celui-ci, le notaire se
souciait peu d'affronter ses violences. Saouk

l'eût volontiers assommé sur place, ce craintif tabellion, et peut-être regretta-t-il d'avoir feint d'ignorer la langue française, puisque cela lui interdisait d'intervenir directement dans sa cause.

De son côté, Juhel comprenait bien que l'attitude prise par son oncle vis-à-vis de Ben-Omar ne pouvait qu'empirer les choses. Une dernière fois, il tenta de le lui faire comprendre. L'occasion lui paraissait favorable, le notaire n'étant venu là que pour communiquer avec lui.

« Voyons, mon oncle, dit Juhel, il faut que vous m'écoutiez, dussiez-vous vous mettre dix fois en colère! Raisonnons une bonne fois, puisque nous sommes des êtres raisonnables...

— Reste à savoir, Juhel, si ce que tu entends par raisonner n'est pas déraisonner!... Enfin, que veux-tu?...

— Vous demander si, au moment de toucher au but, vous vous obstinerez à vouloir tourner le dos à Ben-Omar?

— Je m'y obstinerai mordicus! Ce coquin a essayé de me voler mon secret, quand son devoir était de me livrer le sien... C'est un gueux... un Caraïbe...

17.

— Je sais cela, mon oncle, et je ne cherche point à l'innocenter. Mais, oui ou non, sa présence vous est-elle imposée par une clause du testament de Kamylk-Pacha?...

— Oui.

— Est-il tenu d'être là, sur l'îlot, quand vous déterrerez les trois barils?...

— Oui.

— Et n'a-t-il pas le droit d'en évaluer la valeur, par le fait même qu'il lui est attribué une commission de tant pour cent?...

— Oui.

— Eh bien, pour qu'il puisse être présent à l'opération, ne faut-il pas qu'il sache où et quand vous devez y procéder?...

— Oui.

— Et, si par votre faute, ou même par toute autre circonstance, il n'avait pu vous assister en qualité d'exécuteur testamentaire, la succession ne pourrait-elle vous être contestée, et n'y aurait-il pas matière à un procès que vous perdriez très certainement?...

— Oui.

— Enfin, mon oncle, êtes-vous obligé de subir la compagnie de Ben-Omar pendant votre excursion dans le golfe?...

— Oui.

— Consentez-vous donc à lui dire qu'il se tienne prêt à s'embarquer avec nous?...

— Non! » répondit maître Antifer.

Et ce « non » fut lancé d'une voix si formidable qu'il arriva comme une balle en pleine poitrine du notaire.

« Voyons, reprit Gildas Trégomain, tu ne veux pas entendre raison, et tu as tort. Pourquoi s'obstiner contre vent et marée?... Rien de plus sensé que d'écouter Juhel, rien de plus raisonnable que de suivre son conseil! Certes, ce Ben-Omar ne me revient pas plus qu'à toi!... Mais puisqu'il faut en tâter, faisons contre fortune bon cœur, » etc.

Il était rare que Gildas Trégomain se permît un si long monologue, et encore plus rare que son ami le lui laissât achever. Aussi avec quelles crispations de mains, quel roulement de mâchoires, quelles grimaces convulsives, il accueillit le gabarier pendant que celui-ci dévidait son chapelet! Peut-être même, très satisfait de son éloquence, l'excellent homme s'imagina-t-il avoir convaincu cet irréductible Breton, lorsque sa dernière période eût pris fin.

« Tu as achevé, gabarier?... lui demanda maître Antifer.

— Oui, répondit Gildas Trégomain, en lançant un regard de triomphe à Juhel.

— Et toi, aussi, Juhel?...

— Oui, mon oncle.

— Eh bien, allez tous les deux au diable!... Conférez avec ce garde-notes, si vous le voulez!... Quant à moi, je ne lui adresserai la parole que pour le traiter de misérable et d'escroc!... Là-dessus, bonjour ou bonsoir, à votre choix ! »

Et Pierre-Servan-Malo lança un tel juron où s'entrechoquaient les divers tonnerres en usage dans la marine, que son caillou fila hors de sa bouche, comme le pois hors d'une sarbacane. Puis, sans prendre le temps de recharger sa bouche à feu, il donna un coup de barre et disparut vent arrière.

Néanmoins, Juhel avait obtenu en partie ce qu'il désirait. Son oncle, comprenant qu'il y était obligé, ne lui défendait plus de mettre le notaire au courant de leurs projets. Et, comme celui-ci, poussé par Saouk, s'approchait moins craintivement depuis le départ du Malouin, cela n'exigea que quelques mots.

« Monsieur, dit Ben-Omar, en se courbant pour racheter par l'humilité de son attitude l'audace de sa démarche, monsieur, vous me pardonnerez si je me permets...

— Droit au fait ! dit Juhel. Que voulez-vous ?...

— Savoir si nous sommes au terme de ce voyage ?

— A peu près..

— Où est l'ilot que nous cherchons ?...

— A une douzaine de lieues au large de Sohar.

— Quoi, s'écria Ben-Omar, il faudra reprendre la mer ?...

— Apparemment.

— Et cela ne paraît pas vous réussir ! » dit le gabarier, pris de pitié pour le pauvre homme, qui fut sur le point de choir, comme si le cœur lui manquait déjà.

Saouk le regardait, affectant la plus complète indifférence — l'indifférence de quelqu'un qui ne comprend pas un mot de la langue dont on se sert devant lui.

« Allons... du courage, dit Gildas Trégomain. Deux ou trois jours de navigation, cela passe vite... Je crois que vous finiriez par avoir le

pied marin... avec un peu d'habitude !... Quand
on s'appelle Omar... »

Le notaire secoua la tête, après avoir épon-
gé son front qui ruisselait de sueur froide.
Puis, d'une voix lamentable :

« Et où comptez-vous embarquer, monsieur?... dit-il, en s'adressant à Juhel.

— Ici même.

— Quand?...

— Dès que notre embarcation sera parée.

— Et elle le sera?...

— Ce soir peut-être, ou très certainement
demain matin. Donc, tenez-vous prêt à partir
avec votre clerc Nazim, s'il vous est indispensable.

— Je le serai... je le serai... répondit Ben-
Omar.

— Et qu'Allah vous vienne en aide !... »
ajouta le gabarier, qui avait pu donner libre
cours à sa bonté naturelle en l'absence de
maître Antifer.

Ben-Omar et Saouk n'avaient plus rien à
apprendre, si ce n'est le gisement du fameux
îlot. Mais, comme le jeune capitaine ne l'eût
pas donné, ils se retirèrent.

Lorsque Juhel avait dit que l'embarcation

serait en état le soir ou le lendemain au plus
tard, ne s'était-il pas trop avancé? C'est ce que
lui fit observer Gildas Trégomain. En effet, il
était trois heures de l'après-midi, et l'interprète ne reparaissait pas. Cela ne laissait pas
de les inquiéter tous les deux. S'ils devaient
renoncer à ses services, quel embarras pour
s'entendre avec des pêcheurs de Sohar en
n'employant que la langue des gestes! Des
conditions d'affrètement, de la nature des recherches qui allaient être entreprises, de la
direction à suivre à travers le golfe, comment
pourraient-ils se tirer? A la rigueur, il est vrai,
Ben-Omar et Nazim savaient l'arabe... mais de
s'adresser à eux...

Heureusement Sélik ne manqua pas à sa
promesse, il se fût bien gardé d'y manquer.
Vers cinq heures de l'après-midi, lorsque le
gabarier et Juhel se disposaient à regagner le
caravansérail, l'interprète les rejoignit sur l'es-
tacade du port.

« Enfin! » s'écria Juhel.

Sélik s'excusa du retard. Ce n'était pas sans
peine qu'il avait pu trouver une embarcation,
et encore ne l'avait-il nolisée qu'à un prix assez élevé.

« Peu importe ! répondit Juhel. Pourrons-nous prendre la mer dès ce soir ?...

— Non, répliqua Sélik. L'équipage ne sera au complet que trop tard.

— Ainsi nous partirons ?...

— Dès la pointe du jour.

— C'est convenu.

— J'irai vous chercher au caravansérail, ajouta Sélik, et nous embarquerons à la marée descendante.

— Et si la brise tient, ajouta Gildas Trégomain, nous ferons bonne route ! »

Bonne route, en effet, puisque le vent soufflait de l'ouest, et que c'était dans l'est que maître Antifer devait rechercher son îlot.

XV

Dans lequel Juhel prend hauteur pour le compte
de son oncle,
et par le plus beau temps du monde.

Le lendemain, avant même que le soleil eût
doré de ses premiers rayons la surface du
golfe, Sélik frappait à la porte des chambres
du caravansérail. Maître Antifer, qui n'avait
pas dormi une heure, fut sur pied à l'instant.
Juhel l'eut rejoint presque aussitôt.

« L'embarcation est prête, annonça Sélik.

— Nous vous suivons, répondit Juhel.

— Et le gabarier? s'écria maître Antifer.
Vous verrez qu'il dort comme un marsouin
entre deux eaux! Je vais le secouer d'importance! »

Et il se rendit à la logette dudit marsouin,
qui ronflait à poings fermés. Mais, manié par

un bras vigoureux, celui-ci ne tarda pas à les ouvrir, — les yeux aussi.

Entre temps, Juhel, ainsi que cela était convenu, allait prévenir le notaire et Nazim. Ils étaient prêts à partir, Nazim ayant quelque peine à maîtriser son impatience, Ben-Omar, déjà pâle, la marche mal assurée.

Lorsque Sélik vit arriver les deux Égyptiens, il ne put retenir un mouvement de surprise qui n'échappa point au jeune capitaine. Cet étonnement n'était-il pas justifié? Comment, ces personnages de nationalité différente se connaissaient, devaient s'embarquer ensemble, procéder de concert à une exploration du golfe? Cela était bien pour provoquer des soupçons chez le policier.

« Ces deux étrangers ont l'intention de venir avec vous? demanda-t-il à Juhel.

— Oui, répondit celui-ci, non sans quelque embarras... Ce sont des compagnons de voyage... Nous sommes venus sur le même paquebot de Suez à Mascate...

— Et vous les connaissez?...

— Sans doute... S'ils se sont tenus à l'écart... c'est que mon oncle est de si mauvaise humeur... »

Évidemment, Juhel s'embrouillait dans ses explications. Après tout, rien ne le forçait d'en donner à Sélik. Ces Égyptiens venaient parce qu'il lui convenait qu'ils vinssent...

Au surplus, Sélik n'insista pas, bien que cette circonstance lui parût des plus louches, et il se promit de surveiller les deux Égyptiens avec la même rigueur que les trois Français.

Maître Antifer reparut en ce moment, donnant la remorque au gabarier, — un remorqueur qui traîne un gros bâtiment de commerce. On peut ajouter, pour continuer la métaphore, que le bâtiment en question avait à peine commencé ses préparatifs d'appareillage. Il dormait à moitié, les yeux bouffis de sommeil.

Inutile de mentionner que Pierre-Servan-Malo ne voulut pas s'apercevoir de la présence de Ben-Omar et de Nazim. Il prit les devants, Sélik marchant à son côté, et tous lui emboîtèrent le pas dans la direction du port.

A l'extrémité d'un petit môle, se balançait une perme, sorte d'embarcation à deux mâts, amarrée par l'avant et par l'arrière. Sa grande voile étant sur les cargues, il n'y avait plus qu'à la laisser retomber, à larguer le foc et le tape-cul pour gagner le large.

Cette perme, nommée *Berbera*, était montée par une vingtaine d'hommes, — équipage plus nombreux que ne l'exigeait la manœuvre d'un bâtiment d'une cinquantaine de tonneaux. Juhel ne fut pas sans l'observer, mais il garda pour lui cette observation. Il devait bientôt, d'ailleurs, en faire une autre : c'est que de ces vingt hommes, il y en avait la moitié qui ne semblaient pas être marins. Et, en effet, c'étaient des agents de la police de Sohar, embarqués sous les ordres de Sélik. Aucun homme sensé, au courant de cette situation, n'eût donné dix pistoles des cent millions du légataire de Kamylk-Pacha... s'ils se trouvaient sur l'îlot.

Les passagers sautèrent à bord de la *Berbera* avec l'agilité de marins rompus à cet exercice. Toutefois, la vérité oblige à dire que, sous le poids de Gildas Trégomain, le léger bâtiment donna sensiblement la bande sur bâbord. L'embarquement du notaire aurait présenté quelques difficultés, car le cœur lui tournait, si Nazim, l'empoignant à bras-le-corps, ne l'eût envoyé par-dessus les pavois. Comme le roulis exerçait déjà ses ravages sur Ben-Omar, il s'affala par le capot dans la chambre de l'arrière, qui retentit de longs et douloureux gémissements. Quant aux instruments, on les entoura de mille précautions, — le chronomètre surtout, que Gildas Trégomain portait dans un mouchoir dont il tenait les quatre coins.

Le patron de la perme, — un vieil Arabe de rude mine, — fit larguer les amarres, amurer les voiles, et, sur l'indication de Juhel par l'entremise de Sélik, il mit le cap au nord-est.

On était donc sur la route de l'îlot. Avec le vent d'ouest, vingt-quatre heures auraient suffi à en atteindre le gisement. Mais la contrariante nature ne sait qu'inventer pour vexer les gens. Si la brise soufflait dans une direction favorable, les nuages chassaient à travers les hautes zones du ciel. Ce n'était pas le tout de marcher vers l'est, il fallait arriver au bon endroit, et, pour cela, faire une double observation de longitude et de latitude, l'une avant ou après midi, l'autre au moment où le soleil passerait au méridien. Or, pour prendre hauteur, il convient que le disque solaire daigne se montrer, et, ce jour-là, il semblait que le capricieux astre s'obstinerait à ne point paraître.

Aussi maître Antifer, se promenant sur le pont de la *Berbera* en proie à une agitation fébrile, regardait-il plutôt le ciel qu'il ne regardait la mer. Ce n'était pas un îlot qu'il cherchait à l'horizon, c'était le soleil au milieu des brumes du levant.

Assis près du couronnement, le gabarier hochait la tête en signe de désappointement. Juhel, accoudé à sa droite, marquait sa contrariété par une moue significative. Des retards... encore des retards... Ce voyage n'en finirait donc pas ?... Et à des centaines et des centaines de lieues de là, dans sa petite maison de Saint-Malo, il croyait voir la chère Énogate attendant une lettre qui ne pouvait lui être parvenue...

« Enfin... s'il ne se montre pas, ce soleil?... demanda le gabarier.

— Il me sera impossible d'opérer, répondit Juhel.

— A défaut du soleil, est-ce qu'on ne peut pas calculer d'après la lune ou les étoiles?...

— Sans doute, monsieur Trégomain, mais la lune est nouvelle, et quant aux étoiles, je crains bien que la nuit soit aussi nuageuse que le jour! D'ailleurs, ce sont des observations compliquées, et très difficiles à bord d'une aussi volage embarcation que la perme. »

En effet, le vent tendait à fraîchir. De grosses volutes s'accumulaient vers l'ouest, comme si ces vapeurs eussent été vomies par un inépuisable cratère.

Le gabarier ne laissait donc pas d'être très ennuyé. Il serrait sur ses genoux la boîte du chronomètre confié à ses soins, tandis que Juhel, son sextant à la main, guettait inutilement l'occasion d'en faire usage.

Et alors, on entendait des cris inarticulés, des objurgations incessantes éclater à l'avant de la perme. C'était maitre Antifer menaçant du poing ce soleil, qui s'était montré plus obéissant envers Josué, de biblique mémoire.

Il apparaissait cependant. Parfois, un rayon se glissait à travers une déchirure des nuages. Mais la déchirure se fermait rapidement, comme si quelque génie l'eût recousue là-haut en un tour d'aiguille. Nul moyen de saisir l'astre assez à temps pour obtenir sa hauteur. A plusieurs reprises, Juhel l'essaya, et le sextant retombait sans avoir servi.

Les Arabes sont peu familiers avec l'emploi de ces instruments nautiques. Les gens de la perme ne savaient trop ce que prétendait le jeune capitaine. Sélik lui-même, un peu plus instruit peut-être, ne se rendait guère compte de l'importance que Juhel attachait à cette observation du soleil. Tous comprenaient cependant que les passagers étaient extrêmement contrariés. Quant au Malouin, allant, venant, invectivant, jurant, se démenant, un véritable possédé, ils se demandaient s'ils n'avaient pas affaire à un fou. Non! il ne l'était pas, mais il risquait de le devenir, et c'est bien ce que redoutaient son neveu et son ami.

Maître Antifer envoya promener Gildas Trégomain et Juhel, lorsque ceux-ci l'engagèrent à prendre sa part du déjeuner. Il se contenta de grignoter un morceau de pain, puis alla s'étendre au pied du grand mât, défendant qu'on lui adressât la parole.

L'après-midi, aucun changement ne se produisit dans l'état de l'atmosphère. Le large était toujours chargé de nuages épais. La mer, assez houleuse, « sentait quelque chose », ainsi que disent les marins. Ce qu'elle sentait, c'était un coup de vent, voilà la vérité, — une de ces tempêtes du sud-ouest, qui dévastent trop souvent les parages du golfe d'Oman. Parfois, ces terribles khamsins, que le désert jette sur l'Égypte, dévient brusquement, et leurs derniers souffles, après avoir balayé le littoral arabique, viennent se heurter contre les lames de l'océan Indien.

La *Berbera* fut effroyablement secouée. Ses voiles au bas ris, elle ne put tenir la cape, c'est-à-dire résister à ces énormes paquets de mer qui l'eussent écrasée, étant très rase sur l'eau. Il n'y eut qu'une ressource, prendre la fuite en s'élevant vers le nord-est. Ce qu'observa Juhel, ce qu'aurait pu observer maître Antifer, s'il y eût prêté attention, c'est que le patron manœuvra avec prudence et habileté. Son équipage déploya le sang-froid et le courage des vrais marins. Ces braves gens n'en étaient pas à leur début dans la lutte contre les tempêtes du golfe. Seulement, si une partie de cet équipage parut habituée à ces furieuses bourrasques, l'autre, étendue sur le pont, se montra très incommodée par les secousses de la perme. Évidemment, ces hommes n'avaient jamais navigué. Et alors l'idée vint à Juhel qu'ils devaient avoir des agents à leurs trousses... que Sélik, peut-être... Décidément, l'affaire se présentait mal pour l'héritier de Kamylk-Pacha !

Saouk ne pouvait être que très irrité contre ce mauvais temps. Si la tempête se prolongeait pendant quelques jours, aucune observation ne serait possible, et comment déterminer le gisement de l'îlot ?... Trouvant inutile de rester sur le pont, il vint se réfugier dans la cabine de la perme, où Ben-Omar était ballotté de tribord à bâbord, comme un tonneau qui a cassé ses saisines.

Après avoir essuyé un refus de maître Antifer qu'ils engageaient à descendre, Juhel et le gabarier durent se résoudre à l'abandonner au pied du mât, à l'abri d'un prélart goudronné, et ils allèrent s'étendre sur les banquettes du poste de l'équipage.

« Notre expédition semble tourner mal, murmura Gildas Trégomain.

— C'est mon avis, répondit Juhel.

— Espérons que demain le temps s'améliorera et que tu pourras prendre hauteur...

— Espérons-le, monsieur Trégomain ! »

Et il n'ajouta pas que ce n'était point de l'état atmosphérique qu'il se préoccupait. Le soleil

finit toujours par se montrer, que diable !
même sur les parages du golfe d'Oman... On
arriverait à trouver l'ilot, s'il existait... Mais
l'intervention de ces gens suspects, embarqués
à bord de la *Berbera*...

La nuit, très obscure, très embrouillée de
vapeurs, fit courir au petit bâtiment de sérieux dangers. Ces dangers ne provenaient
pas de sa légèreté, puisque cela lui permettait de s'élever à la lame et d'éviter les crêtes
déferlantes. Or, il y eut des sautes de vent
si brusques qu'il aurait dix fois chaviré, sans
l'habileté nautique du vieux patron.

Après minuit, le vent tendit à mollir, grâce
à la tombée d'une pluie persistante. Peut-être
se préparait-il un changement de temps pour
le lendemain?... Non, et lorsque le jour revint, si les nuages n'avaient plus l'aspect tem-
pêtueux de la veille, si le trouble de l'atmosphère ne se manifestait pas par de violentes
rafales, le ciel n'en était pas moins voilé d'é-
paisses vapeurs. Aux abondantes averses de la
nuit succédait cette pluie fine des nuages bas,
qui, n'ayant pas le temps de se former en
grosses gouttes, se déverse en eau pulvérisée.

Lorsque Juhel monta sur le pont, il ne put

retenir un mouvement de dépit. Avec cette apparence de ciel, il lui serait interdit de faire son point. Où se trouvait en ce moment la perme, après les changements de route, les incertitudes de direction auxquels elle avait été soumise pendant la nuit? Malgré sa grande habitude du golfe d'Oman, le patron n'aurait pu le dire. Aucune terre en vue. Avait-on dépassé les parages de l'îlot? c'était probable, et il y avait lieu de croire que, sous la poussée des vents d'ouest, la *Berbera* s'était affalée dans l'est beaucoup plus qu'il ne convenait. D'ailleurs, comment le constater, puisque toute observation était impossible.

Pierre-Servan-Malo, dégagé du prélart, alla se poster à l'avant. Quels nouveaux cris, quels nouveaux gestes de fureur lui échappèrent, lorsque ses regards eurent embrassé l'horizon! Mais il ne vint pas adresser la parole à son neveu, et demeura immobile près du bossoir de tribord.

Toutefois, si Juhel se garda de rompre ce silence auquel son oncle s'obstinait depuis la veille, il eut à subir diverses questions de Sélik, auxquelles il ne put répondre que d'une manière évasive.

L'interprète, s'étant approché, lui dit :

« Voilà, monsieur, une journée qui s'annonce mal !

— Très mal.

— Vous ne pourrez encore employer vos machines pour regarder le soleil ?...

— C'est à craindre.

— Que ferez-vous alors ?...

— J'attendrai.

— Je vous rappellerai que la perme n'a emporté que pour trois jours de vivres, et si le mauvais temps se prolonge, il faudra qu'elle revienne à Sohar....

— Il le faudra, en effet.

— Dans ce cas, renoncerez-vous à votre projet d'explorer le golfe d'Oman ?...

— C'est probable... ou du moins, nous remettrons notre campagne à une meilleure saison.

— Vous attendriez à Sohar ?...

— A Sohar ou à Mascate, peu importe ! »

Le jeune capitaine se tenait sur une réserve très justifiée par les soupçons que lui inspirait Sélik, et celui-ci n'en tira pas les renseignements sur lesquels il comptait.

Le gabarier parut sur le pont, presque en même temps que Saouk. L'un fit une moue de

17.

désappointement, l'autre eut un mouvement
de colère, en voyant ces brumes qui fermaient
l'horizon à deux ou trois encablures de la *Ber-*
bera.

« Ça ne va pas ?... dit Gildas Trégomain, qui
vint serrer la main du jeune capitaine.

— Pas du tout ! répondit Juhel.

— Et notre ami ?...

— Il est là-bas... à l'avant.

— Pourvu qu'il ne pique pas une tête par-
dessus le bord ! » murmura le gabarier.

Et c'était toujours sa crainte que le Malouin finît par un coup de désespoir.

La matinée s'écoula dans ces conditions. Le
sextant resta au fond de sa boîte, aussi inutile
que l'eût été un collier de femme au fond de
son écrin. Pas un rayon solaire n'avait percé
l'opaque rideau des brumes. A midi, le chronomètre que Gildas Trégomain avait apporté
par acquit de conscience, ne put servir à établir la longitude par la différence des heures
entre Paris et le point du golfe où se trouvait
la perme. L'après-midi ne se montra pas plus
favorable, et bien qu'on eût tenu compte de
la route à l'estime, on ne savait que très im-
parfaitement où était la *Berbera.*

C'est là, parait-il, ce que le patron fit remarquer à Sélik, en le prévenant que, si le temps
ne se modifiait pas le lendemain, il remettrait
le cap à l'ouest, afin de rallier la terre. Où
la rencontrerait-il?... Serait-ce à la hauteur
de Sohar, de Mascate, ou plus au nord, vers
l'entrée du détroit d'Ormuz, ou plus au sud, du
côté de l'océan Indien à la hauteur de Raz-el-
Had ?...

Sélik crut devoir avertir Juhel des intentions du patron de la *Berbera*.

« Soit! » répondit le jeune capitaine.

Et ce fut là toute sa réponse.

Aucun incident jusqu'à la nuit. Au moment
où il se couchait derrière les brumes de
l'ouest, le soleil ne parvint même pas à les
percer. Cependant la pluie s'était réduite à ne
plus être qu'une brumaille fine comme l'em-
brun des lames. Peut-être y avait-il là l'indice
d'une modification dans l'état atmosphérique.
En outre, le vent avait calmi au point de ne
plus se manifester que par quelques souffles
intermittents. Pendant ces intermittences, le
gabarier, mouillant sa main et l'exposant à
l'air, croyait sentir une légère brise naissante
de l'est.

« Ah ! si j'étais seulement sur la *Charmante-Amélie*, se dit-il, là-bas... entre les délicieuses rives de la Rance, je saurais bien à quoi m'en tenir ! »

Mais, depuis longtemps, la *Charmante-Amélie* avait été vendue comme bois à brûler, et ce n'était pas entre les délicieuses rives de la Rance que naviguait la perme.

De son côté, Juhel fit la même remarque que Gildas Trégomain. En outre, il lui sembla que le soleil, au moment où il allait disparaître sous l'horizon, avait regardé par un trou des nuages, comme fait un curieux par l'interstice d'une porte. Et sans doute, Pierre-Servan-Malo avait surpris ce rayon, car son œil flamboya et répondit au rayon de l'astre du jour par un rayon de fureur.

Le soir venu, tout le monde soupa, en ménageant les vivres du bord. Il fut constaté qu'il en restait à peine pour vingt-quatre heures. Donc, la nécessité s'imposait de regagner la terre dès le lendemain, à moins qu'on ne pût reconnaître que la *Berbera* n'en était pas très éloignée.

La nuit fut calme. La houle tomba même assez rapidement, ainsi que cela se produit dans ces golfes resserrés. Peu à peu, le vent, qui avait halé l'est, obligea de prendre les amures à tribord. Dans l'incertitude de sa position, sur le conseil que Juhel lui fit donner par Sélik, le patron mit en panne en attendant le jour.

Vers les trois heures du matin, le ciel, complètement balayé des hautes brumes, laissa briller ses dernières constellations. Tout faisait espérer une bonne observation.

A l'aube naissante, en effet, le disque du soleil déborda la ligne de l'horizon dans toute sa splendeur. Élargi par la réfraction, empourpré par les basses couches de l'air, sa lumière éclatante s'irradia à la surface du golfe.

Gildas Trégomain crut devoir le saluer, en ôtant poliment son chapeau ciré. Un Guèbre, un Parsi, n'eussent pas plus dévotement accueilli l'apparition de l'astre du jour.

On imagine sans peine quel revirement s'opéra dans les esprits. Avec quelle impatience, tous, passagers et marins, attendirent l'heure où l'observation serait faite! Ces Arabes n'ignorent pas que les Européens ont des moyens précis de déterminer la position d'un navire, même quand ils n'ont aucune terre en vue. Et cela les intéressait de savoir si la *Ber-*

bera se trouvait encore dans le golfe, ou si elle avait été rejetée par le travers du cap Raz-el-Had.

Cependant le soleil s'élevait sur un ciel d'une admirable pureté. Rien à craindre, aucun nuage ne viendrait le voiler, lorsque le jeune capitaine jugerait le moment venu d'en obtenir la hauteur méridienne.

Un peu avant midi, Juhel fit ses préparatifs.

Maître Antifer vint se placer près de lui, les lèvres serrées, les yeux ardents, sans mot dire. Le gabarier se tenait à droite, remuant sa bonne grosse tête toute rougeaude. Saouk à l'arrière, Sélik à bâbord, s'apprêtaient à suivre les détails de l'opération.

Juhel, bien d'aplomb, les jambes écartées, saisit son sextant de la main gauche et en dirigea la lunette vers l'horizon.

La perme se levait doucement aux ondulations d'une houle à peine sensible.

Dès que la hauteur eut été prise :

« C'est fait, » dit Juhel.

Puis, ayant lu les chiffres indiqués sur le limbe gradué, il descendit dans la cabine afin d'établir ses calculs.

Vingt minutes après, il remontait sur le

pont et donnait le résultat de l'observation.

La situation de la perme était en latitude par 25°2′ nord.

Elle se trouvait donc de trois minutes plus au sud que ne le comportait la latitude de l'îlot.

Pour le complément de l'opération, il fallait avoir mesuré l'angle horaire. Non! Jamais heures ne parurent plus longues à maître Antifer, à Juhel, au gabarier, à Saouk. Il semblait que l'instant tant désiré ne dût plus arriver!

Il arriva, tandis que la *Berbera*, convenablement orientée, avait porté un peu plus au sud, sur l'indication de Juhel.

A deux heures et demie, le jeune marin prit une série de hauteurs pendant que le gabarier marquait l'heure du chronomètre. Calculs faits, il trouva pour la longitude : 54°58′.

La perme se trouvait donc d'une minute trop à l'est par rapport à l'îlot cherché.

Presque aussitôt, un cri se fit entendre. Un des Arabes montrait une tumescence noirâtre à deux milles vers l'ouest.

« Mon îlot! » s'écria maître Antifer.

Ce ne pouvait être que cet îlot, car il n'y avait aucune autre terre en vue.

Et voilà le Malouin qui va, vient, gesticule, se démène, comme s'il eût été pris de la danse de Saint-Guy. Il fallut que Gildas Trégomain intervînt pour le contenir entre ses bras puissants.

Aussitôt la perme avait mis le cap sur le point signalé. Grâce à la petite brise d'est qui gonflait ses voiles, une demi-heure devait lui suffire pour l'atteindre. Elle l'atteignit en effet, et, en tenant compte par l'estime du chemin parcouru depuis l'observation, Juhel s'assura que le gisement de cet îlot était bien conforme aux coordonnées indiquées par Kamylk-Pacha, soit : la latitude, léguée par Thomas Antifer à son fils, 24° 59 nord, la longitude apportée à Saint-Malo par Ben-Omar, 54° 57′ à l'est du méridien de Paris.

Et, aussi loin qu'il pouvait s'étendre, le regard n'embrassait que l'immensité déserte du golfe d'Oman.

XVI

Qui prouve catégoriquement que Kamylk-Pacha
a réellement poussé ses excursions
maritimes jusqu'aux parages du golfe d'Oman.

Il était donc là, cet îlot, que, dans sa pensée, maître Antifer estimait valoir cent millions, — à tout le moins. Non! il n'en aurait
pas rabattu soixante-quinze centimes, même
au cas où les frères Rothschild eussent proposé
de l'acheter « tel qu'il se poursuit et comporte », comme on dit en style judiciaire.

A en considérer l'aspect extérieur, ce n'était
qu'un massif nu, aride, sans verdure, sans cul-
ture, un amoncellement rocheux, de forme
oblongue sur une circonférence de deux mille
à deux mille cinq cents mètres. Ses bords se
découpaient en indentations capricieuses. Ici

19

des pointes, là des criques d'une profondeur
très réduite. Néanmoins, la permè put trouver
refuge dans l'une de celles qui s'ouvraient à
l'ouest, à l'abri du vent. L'eau y était très
claire. Le fond laissait voir à une vingtaine de
pieds, son tapis de sable semé de plantes sous-
marines. Lorsque la *Berbera* fut amarrée,
c'est à peine si les ondulations du ressac lui
imprimaient un léger balancement de roulis.

C'était assez pourtant, c'était trop même
pour que le notaire voulût demeurer une minute de plus à bord. Après s'être traîné jusqu'à
l'échelle de capot, il avait rampé sur le pont,
il avait gagné la coupée, il allait sauter à terre,
lorsque maître Antifer l'arrêta — du bras en
le saisissant par l'épaule, — de la voix en lui
criant :

« Halte-là, monsieur Ben-Omar!... Moi d'a-
bord, s'il vous plaît! »

Et que cela lui plût ou non, le notaire dut
attendre que l'intraitable Malouin eût pris possession de son îlot, — ce qu'il fit en impri-
mant fortement dans le sable la semelle de
ses bottes de mer.

Ben-Omar put alors le rejoindre, et quel
long soupir de satisfaction il poussa, lorsqu'il

sentit le sol immobile! Gildas Trégomain,
Juhel et Saouk se trouvèrent bientôt à ses
côtés.

Pendant ce temps, Sélik avait exploré l'îlot
du regard. Il se demandait ce que ces étrangers allaient y faire... Pourquoi donc un si long
voyage, pourquoi tant de dépenses et de fatigues?... Relever le gisement de ces roches,
cela ne s'expliquait par aucun motif plausible...
C'était invraisemblable, à moins que ces gens-
là ne voulussent faire œuvre de fous! Mais si
maître Antifer présentait quelques symptômes
de folie, on ne pouvait guère admettre que
Juhel et le gabarier n'eussent pas leur raison
pleine et entière!... Et malgré cela, ils prê-
taient leur concours à cette exploration!...
Puis, les deux Égyptiens, mêlés à une pareille
aventure...

Sélik avait donc plus que jamais le droit de
suspecter les démarches de ces étrangers, et il
se préparait à quitter le bord pour les suivre
sur l'îlot... Pierre-Servan-Malo fit un geste
que comprit Juhel, et ce dernier, s'adressant
à Sélik :

« Inutile de nous accompagner, lui dit-il.
Ici, nous n'avons pas besoin d'un interprète...

Ben-Omar parle le français comme s'il était natif du pays de France...

— C'est bien ! » se contenta de répondre Sélik.

Assez dépité, l'agent ne voulut point entamer une discussion à ce sujet. Il s'était mis au service de maître Antifer, et, du moment que celui-ci lui donnait un ordre, il n'avait qu'à s'y conformer. C'est à quoi il se résigna, se réservant d'intervenir avec ses hommes, si, au retour de leur exploration, les étrangers rapportaient n'importe quels objets à bord de la perme.

Il était environ trois heures et demie du soir. Le temps ne manquerait pas pour prendre possession des trois barils s'ils se trouvaient à la place indiquée, — et le Malouin, lui, n'en doutait pas.

Il fut donc convenu que la *Berbera* resterait dans la crique. Toutefois, par l'entremise de Sélik, le patron informa Juhel qu'il ne prolongerait pas sa relâche au delà de six heures. Les vivres étaient presque épuisés. Il était urgent de profiter de ce bon vent d'est, afin de rallier Sohar qu'on atteindrait au lever du jour. Maître Antifer ne fit aucune objection. Quelquès heures, c'était plus de temps qu'il n'en fallait pour mener son opération à bonne fin.

De quoi s'agissait-il, en effet? Pas même de parcourir cet îlot de dimension assez restreinte, pas même de le fouiller mètre par mètre. D'après la lettre, l'endroit précis où avait été déposé le trésor se trouvait sur une des pointes méridionales, à la base d'un rocher reconnaissable au monogramme du double K. Le pic aurait vite mis à découvert les trois barils que maître Antifer ne serait pas embarrassé de rouler jusqu'à la perme. On comprend qu'il eût tenu à opérer sans témoins, — sauf l'indispensable Ben-Omar, dont la présence lui était imposée, et son clerc Nazim. Comme l'équipage de la *Berbera* n'avait aucunement à s'inquiéter de ce que renfermaient ces barils, le retour à Mascate, en caravane, pourrait seul présenter quelques difficultés. On s'en préoccuperait ultérieurement.

Maître Antifer, Gildas Trégomain et Juhel d'une part, Ben-Omar et Nazim de l'autre, commencèrent à remonter les pentes de l'îlot, dont la moyenne altitude mesurait cent cinquante pieds au-dessus du niveau de la mer.

Quelques bandes de macreuses s'envolèrent
à leur approche, jetant des cris de protesta-
tion contre les intrus qui violaient leur domi-
cile habituel. Et, de fait, il était probable
qu'aucun être humain n'avait mis le pied sur
cet îlot depuis la visite de Kamylk-Pacha. Le
Malouin portait le pic sur son épaule; il ne
l'eût cédé à personne. Le gabarier s'était
chargé de la pioche. Juhel s'orientait, une
boussole à la main.

Le notaire avait quelque peine à ne point
être devancé par Saouk. Ses jambes flageo-
laient encore, bien qu'il n'eût plus sous les
pieds le pont de la perme. On ne s'étonnera
pas, cependant, qu'il eût repris ses sens, retrouvé son intelligence, oublié les épreuves
du voyage, ne songeant pas à celles du retour.
Il y avait un endroit sur cet îlot qui représen-
tait pour lui une prime énorme, et certainement, ne fût-ce que pour s'assurer sa discrétion, Saouk ne se refuserait pas à la lui verser,
s'il parvenait à s'emparer du trésor.

Le sol était assez rocailleux. On ne marchait pas aisément à sa surface. On dut même
gagner le centre en contournant certaines
intumescences difficiles à franchir. Lorsque

le groupe eut atteint ce point culminant, il aperçut la perme dont le pavillon se déployait à la brise.

De ce point on découvrait assez nettement le périmètre de l'îlot. Çà et là se projetaient des pointes, et parmi elles, la pointe aux millions. Pas d'erreur possible, puisque le testament indiquait qu'elle se détachait vers le sud.

A l'aide de la boussole, Juhel l'eut bientôt reconnue.

C'était une langue aride, très apparente, frangée par le ressac d'une légère écume blanche.

Et, une fois de plus, le jeune capitaine eut cette pensée si poignante que les richesses enfouies sous ces roches allaient se dresser comme un obstacle insurmontable entre sa fiancée et lui! On ne triompherait pas de l'entêtement de son oncle! Et l'envie, — une envie féroce qu'il maîtrisa cependant — le prit de l'égarer sur une fausse piste...

Quant au gabarier, il se sentait tiraillé entre deux sentiments contraires : la crainte que Juhel et Énogate ne fussent jamais l'un à l'autre, la crainte que son ami Antifer fût frappé d'aliénation mentale, s'il ne mettait pas la main sur l'héritage de Kamylk-Pacha. Aussi, saisi d'une sorte de colère, frappa-t-il si violemment le sol de sa pioche que des éclats de roches volèrent autour de lui.

« Eh... là-bas... gabarier, quelle mouche te pique? s'écria maître Antifer.

— Aucune... aucune! répondit Gildas Trégomain.

— Tâche de garder tes coups de pioche pour le bon endroit, s'il te plaît!

— Je les garderai, mon ami. »

Le groupe, suivant alors la direction du sud, descendit vers la pointe méridionale, dont six cents pas le séparaient à peine.

Maître Antifer, Ben-Omar et Saouk, maintenant en tête, pressaient leur marche, attirés comme par un aimant, — cet aimant d'or, tout puissant sur les humains. Ils étaient haletants. On eût dit qu'ils subodoraient ce trésor, qu'ils l'aspiraient, qu'ils le respiraient, qu'une atmosphère de millions les pénétrait, qu'ils tomberaient asphyxiés, si cette atmosphère venait à se dissiper!

En dix minutes on eut atteint la pointe, dont l'extrémité très effilée se perdait en mer. Ce devait être à sa naissance que Kamylk-

Pacha avait marqué le rocher d'un double K.

En cet endroit, la surexcitation de maître Antifer fut telle qu'il se sentit défaillir. Si Gildas Trégomain ne l'eût reçu entre ses bras, il serait tombé comme une masse, la vie ne se traduisant plus en lui que par des soubre-sauts spasmodiques.

« Mon oncle... mon oncle !... s'écria Juhel.

— Mon ami ! » s'écria le gabarier.

Alors Saouk eut un jeu de physionomie auquel personne n'aurait pu se tromper. Ne semblait-il pas dire :

« Qu'il crève donc, ce chien de chrétien, et je redeviens l'unique héritier de Kamylk-Pacha ! »

Il est vrai, la physionomie de Ben-Omar paraissait dire tout au contraire :

« Mais, si cet homme meurt, comme il est seul à savoir en quel endroit précis est le tré-sor, ma prime est perdue ! »

L'accident ne devait pas avoir de suites fâcheuses. Grâce aux vigoureuses frictions du gabarier, maître Antifer reprit ses sens et ramassa son pic qui lui avait échappé. Puis, l'exploration commença à l'amorce de la pointe.

19.

Là se dessinait une étroite chaussée, assez
élevée pour que la grosse mer ne pût la cou-
vrir, même par les vents de sud-ouest. On
eût vainement cherché une meilleure place
pour y déposer des millions. Reconnaître cette
place, cela ne devait pas offrir de grandes difficultés, à moins que les rafales du golfe d'O-
man n'eussent depuis plus d'un quart de siècle
effacé peu à peu le monogramme.

Eh bien, Pierre-Servan-Malo fouillerait
toute cette pointe, s'il le fallait. Il en ferait
sauter les roches les unes après les autres,
dût-il passer des semaines, des mois à cette besogne. Il laisserait la perme aller se ravitailler
à Sohar! Non! il n'abandonnerait pas l'îlot,
tant qu'il ne lui aurait pas arraché ces richesses
dont il était le légitime possesseur!

Ainsi raisonnait Saouk de son côté, et leur
« état d'âme » s'accordait, — non pour le plus
grand honneur de la nature humaine.

Maintenant, tous étaient à l'ouvrage, cherchant, furetant sous le fouillis des algues,
entre les interstices des roches mastiquées
de varechs. Maître Antifer tâtait du bout de
son pic les pierres disjointes. Le gabarier les
attaquait à coups de pioche. Ben-Omar, à quatre

pattes, se traînait comme un crabe au milieu des galets. Les autres, Juhel et Saouk, n'étaient pas moins occupés. Pas une seule parole ne se faisait entendre. Cette opération s'accomplissait silencieusement. Les bouches n'auraient pas été plus muettes à une cérémonie funèbre.

Et, de fait, n'était-ce pas un cimetière, cet îlot perdu dans les parages du golfe, et n'était-ce pas une tombe que cherchaient ces déterreurs, — une tombe dont ils voulaient exhumer les millions de l'Égyptien ?...

Après une demi-heure, on n'avait rien trouvé. On ne se rebutait pas pourtant. Que l'on fût sur l'îlot de Kamylk-Pacha, que les barils fussent enfouis sur sa pointe méridionale, nul doute à cet égard.

Un soleil dévorant versait les feux de ses rayons. La sueur inondait les visages. Ces gens ne voulaient rien sentir de la fatigue. Tous travaillaient, avec cette ardeur de fourmis creusant leur fourmilière, — tous, même le gabarier, pris du démon de l'avidité. Chez Juhel, le dédain faisait monter parfois l'écœurement aux lèvres.

Enfin un cri de joie, — n'était-ce pas plutôt

un hurlement de bête fauve? — éclata soudain.

C'était maître Antifer qui l'avait poussé. Debout, la tête découverte, la main tendue, il montrait un rocher dressé comme une stèle.

« Là... là!... » répétait-il.

Et il fût allé se prosterner devant cette stèle comme un Transtéverin devant la niche d'une madone, que pas un de ses compagnons n'en eût été surpris. Ils se fussent plutôt joints à lui dans une adoration commune...

Juhel et le gabarier, Saouk et Ben-Omar, s'étaient approchés de maître Antifer, qui venait de s'agenouiller... Ils s'agenouillèrent près de lui.

Qu'y avait-il donc sur ce rocher?...

Il y avait, ce que les yeux pouvaient voir, ce que les mains pouvaient toucher... C'était le fameux monogramme de Kamylk-Pacha, c'était le double K, à demi-rongé sur ses arêtes, mais très visible encore.

« Là... là! » répétait maître Antifer.

Et il désignait, à la base de la roche, la place qu'on devait attaquer, l'endroit où le trésor, déposé depuis trente-deux ans, dormait dans son coffre de pierre.

VIII

« LA... LA ! RÉPÉTAIT MAITRE ANTIFER. (Page 324.)

Aussitôt le pic entama la roche qui vola en
éclats. Puis la pioche de Gildas Trégomain re-
jeta ces fragments auxquels étaient mêlés des
morceaux de béton. Le trou s'élargissait, se
creusait. Les poitrines haletaient, les cœurs
battaient à se rompre, dans l'attente du dernier coup qui allait faire jaillir des entrailles
du sol comme une source de millions...

On creusait toujours, et les barils n'apparais-
saient pas. Cela tenait à ce que Kamylk-Pacha
avait dû leur assurer une fosse profonde. Il
n'avait pas eu tort, après tout, et qu'importait s'il fallait un peu plus de temps et de fatigue pour les déterrer?...

Soudain, un son métallique se produisit. A
n'en pas douter, le pic venait de rencontrer
un objet sonore...

Maître Antifer se baissa vers le trou. Sa
tête disparut dans l'orifice, tandis que ses
mains fouillaient avidement...

Il se releva, les yeux injectés...

Ce qu'il tenait à la main, c'était une boîte
de métal, ayant au plus le volume d'un déci-
mètre cube.

Tous le regardaient, ne pouvant dissimuler
un sentiment de déception. Et, sans nul doute,

Gildas Trégomain répondit à la pensée générale, lorsqu'il s'écria :

« S'il y a cent millions là dedans, je veux que le diable...

— Tais-toi! » vociféra maître Antifer.

Et, de nouveau, il fouilla l'excavation, il en retira les derniers éclats de roche cherchant à rencontrer les barils...

Travail inutile... Il n'y avait rien à cette place, — rien que la boîte de fer, sur la paroi de laquelle s'écartelait en relief le double K de l'Égyptien!

Maître Antifer et ses compagnons avaient-ils donc supporté tant de fatigues en pure perte?... N'étaient-ils venus de si loin que pour se heurter aux fantaisies d'un mystificateur?...

En vérité, Juhel se fût laissé aller à sourire, si la physionomie de son oncle ne l'eût épouvanté avec ses yeux de fou, sa bouche contractée en un rictus horrible, les sons inarticulés qui s'échappaient de sa gorge...

Gildas Trégomain a déclaré plus tard qu'à ce moment, il s'était attendu à le voir tomber « raide mort ».

Soudain maître Antifer se releva, il saisit son pic, il le brandit, et, dans un effroyable

accès de rage, d'un coup violent, il brisa la
boîte... Un papier s'en échappa.

C'était un parchemin, jauni par le temps,
sur lequel s'allongeaient quelques lignes,
écrites en français, encore très lisibles.

Maître Antifer saisit ce papier. Oubliant
que Ben-Omar et Saouk pouvaient l'entendre,
qu'il allait peut-être leur apprendre un secret
qu'il aurait eu intérêt à garder, il commença
de lire d'une voix tremblante les premières
lignes ainsi libellées :

« Ce document contient la longitude d'un
second îlot que Thomas Antifer, ou, à son
défaut, son héritier direct, devra porter à la
connaissance du banquier Zambuco, demeu-
rant à... »

Maître Antifer s'arrêta, et, d'un coup de
poing, se ferma cette bouche imprudente qui
allait trop en dire.

Saouk fut assez maître de lui pour ne rien
laisser paraître de la déconvenue qu'il éprouva.
Quelques mots de plus, et il eût appris quelle
était la longitude de ce second îlot, dont ledit
Zambuco devait avoir la latitude, et en même
temps, quel pays habitait le banquier...

Quant au notaire, non moins désappointé,

il était là, les lèvres ouvertes, la langue pen-
dante, comme un chien mourant de soif, auquel on vient de retirer son écuelle.

Mais alors, un peu après que la phrase eut
été coupée par le coup de poing que l'on sait,
Ben-Omar, qui avait le droit de connaître les
intentions de Kamylk-Pacha, se releva et dit :

« Eh bien... ce banquier Zambuco... où de-
meure-t-il?...

— Chez lui! » répondit maître Antifer.

Et, pliant le papier, il le fourra dans sa poche, laissant Ben-Omar tendre vers le ciel des
mains désespérées.

Ainsi donc, le trésor n'était pas sur cet ilot
du golfe d'Oman! Le voyage n'avait eu pour
but que d'inviter maître Antifer à se mettre
en communication avec un nouveau personnage, le banquier Zambuco! Ce personnage
était-il donc un second légataire, que Kamylk-
Pacha avait voulu récompenser pour des services rendus autrefois?... Était-il appelé à
partager avec le Malouin le trésor légué à
celui-ci?... On devait le croire. D'où cette conséquence très logique : c'est que, au lieu de
cent millions, il n'en irait que cinquante dans
la poche de maître Antifer!

Juhel baissa la tête à la pensée que ce serait trop encore pour modifier les opinions de son oncle relativement à son mariage avec sa chère Énogate...

Quant à Gildas Trégomain, son sourire semblait indiquer que cinquante millions, néanmoins, forment un joli denier, quand ils vous tombent dans le gousset.

La vérité est que Juhel avait deviné ce qui se passait dans l'esprit de maître Antifer, lequel finirait par se dire, lorsqu'il en aurait pris son parti :

« Allons, Énogate en sera quitte pour n'épouser qu'un duc au lieu d'un prince, et Juhel pour n'épouser qu'une duchesse au lieu d'une princesse ! »

FIN DE LA PREMIÈRE PARTIE.

TABLE

FIN DE LA TABLE

Paris. — Imp. Gauthier-Villars et fils, 55, quai des Grands-Augustins.

www.ingramcontent.com/pod-product-compliance
Lightning Source LLC
Chambersburg PA
CBHW050141030726
47505CB00005B/1188